LE FILS DE LA CHÈVRE

PIERRE LAMBERT

LE FILS DE LA CHÈVRE

LES ÉDITIONS DU CERF

www.editionsducerf.fr
24, rue des Tanneries
75013 Paris

ISBN 978-2-204-10478-4

وَمَا لِأَحَدٍ عِندَهُۥ مِن نِّعْمَةٍ تُجْزَىٰٓ

إِلَّا ٱبْتِغَآءَ وَجْهِ رَبِّهِ ٱلْأَعْلَىٰ

وَلَسَوْفَ يَرْضَىٰ

Aucune faveur divine ne récompense quelqu'un pour ce qui est en lui, Excepté s'il a le désir de la Face de son Maître suprême, Alors, Il en saura gré.

Sourate 92, versets 19 à 21.

Le Fils de la chèvre est un musulman du Haut-Atlas, il est né au cœur du Maroc, avant d'aller vivre comme enseignant dans le Grand-Sud. Ce Grand-Sud d'où jaillit, de période en période, le renouveau de l'identité marocaine. Depuis son enfance, sa vie a été structurée par sa famille et les coutumes de son village, mais également par la découverte progressive du Coran qui, bien que reçu dans une langue qui lui est nouvelle, ne cesse de diriger sa vie.

Le Coran n'est pas un livre qui se lit comme les autres livres. Il se comprend en le vivant. Aussi, plutôt qu'une traduction du Coran, quels que soient les néologismes utilisés, ce récit propose de découvrir ce que l'écoute aimante de ce grand texte fait naître dans l'âme musulmane.

Puisse ce texte, quelles que soient les interprétations actuelles du Coran, faire découvrir et aimer ceux pour qui ce livre est source de vie.

1.

Souvenirs d'enfance

La vie, cette force qui nous tient au corps et qui nous entraîne toujours plus loin, a commencé pour moi sur les contreforts du Haut-Atlas, au pays des vallées rocailleuses et des barres montagneuses. Toutefois, cette vie n'est pas apparue pour moi sous la forme de visages humains familiers, comme pour les autres enfants. Non, cette vie a eu d'abord pour moi l'aspect d'une chèvre avec ses pis, ses longs poils, sa langue rugueuse sur mes mains et sur ma figure.

Lors de ma naissance, cela me fut dit plus tard, ma mère gravement malade dut être conduite à l'hôpital. Comme il n'y avait à la maison aucune autre femme pour me donner le sein, mon père essaya, sans succès, de me faire manger un peu de couscous. Il se rappela qu'il y avait dans son troupeau une chèvre douce et calme. Il alla la chercher et il nous disposa, elle et moi, de façon à ce que je puisse me nourrir directement de son lait. Voilà pourquoi, en plus de mon nom musulman, je fus appelé le Fils de la chèvre.

Dès que je fus capable de marcher, en me tenant accroché aux poils de ma chèvre, nous partions tous les deux dans la nature, loin des maisons et des hommes. Elle se régalait d'herbes sèches, broutées parfois sous les pierres, tandis que je buvais directement de son lait ou mâchonnais un brin de thym, remplissant mes yeux de lumière et de grands espaces. Je sais maintenant que ma mère chèvre m'a transmis, tout autant que son lait, sa passion pour une vie pleine de liberté et de folles randonnées. Cette envie d'aller là où les autres ne vont pas, le désir de découvrir ce monde caché derrière ce qui est visible.

Je laissais les adultes prononcer des paroles dont le sens m'était inconnu, et je dialoguais avec ma chèvre, partageant nos joies et nos sensations. Aujourd'hui encore, lorsque je me sens fatigué, il me suffit d'évoquer son bêlement affectueux pour me sentir envahi par cette force de vie qu'elle m'a transmise. Lorsque je me mis à parler avec les hommes, je prononçai très facilement la lettre « b », mais j'eus beaucoup de mal avec les autres consonnes. Les sons imités de ma chèvre me paraissaient suffisants pour me faire comprendre.

À mes yeux d'enfant tout était beau. Malgré tout, j'appris rapidement à faire attention aux scorpions, et lors d'une rencontre avec une vipère à cornes ma chèvre me lança un appel de détresse, tout en m'en écartant vivement alors que je cherchais à m'en approcher. Cet incident déclencha en moi un réflexe original : pour alerter une personne en danger, il m'arrivait non pas de lui dire « balek », mais de lui dire « bêê » comme ma chèvre ! J'admirais les oiseaux ; je ne savais pas encore que le chant de la tourterelle signifie « Souviens-toi d'Allah », ni ce que suscitent dans l'imagination des adultes les mouvements de la bergeronnette, le hoche-queue que nous appelons un obsédé sexuel des pierres.

Je vivais sans contrainte et sans barrière, dans un univers familier, où l'air se remplissait de senteurs variées tout au long de la journée et où, sous la lumière du soleil, jaillissaient des roches et des plantes aux multiples couleurs. Cependant j'avais le désir de parcourir les autres vallées et les autres montagnes aperçues à l'horizon. Le soir, le ciel devenait sombre. À certaines époques, en apparaissant au-dessus du soleil couchant, la lune indiquait le début des mois et les étoiles se multipliaient. Parmi elles, j'appris à reconnaître la Brillante que les Occidentaux appellent l'Étoile du berger, et j'admirais la Ceinture de Fatima, ce chemin de lumière qui traverse le ciel. Nous rentrions, la chèvre et moi, à la maison pour manger et dormir. Couchés sur une natte étalée dans un coin de la pièce, une même couverture nous enveloppait. Rassuré par la chaude présence de ma chèvre serrée contre moi, je sentais d'une manière encore confuse qu'elle n'était pas seulement un pis qui me nourrissait, une langue passée sur mon visage, ni cette douce toison laineuse contre ma peau, mais qu'il y avait entre elle et moi un sentiment d'affection, une amitié qui nous unissait. Je découvrais, caché derrière ce que je voyais et ce que je touchais, une réalité vivante et profonde.

La nature était pour moi comme une grande chèvre. Il y avait chez elle les pierres, les plantes, les animaux, l'air, le vent, le soleil, la lune, les étoiles ; cependant, comme ma chèvre, la nature avait pour moi des attentions cachées, pleines de délicatesse, attentions qui s'extériorisaient dans tout ce qu'elle m'offrait d'agréable et de beau. Et si parfois ma chèvre me donnait des coups de corne ou semblait se désintéresser de moi, de même la nature pouvait avoir à mon égard une attitude agressive qui faisait partie de son tempérament. Je découvrais que l'une et l'autre m'aimaient, chacune à sa manière, et que, de mon côté, je les aimais toutes deux. Et tandis que je me serrais contre ma chèvre, je me sentais uni à la nature.

Ma vie était celle d'un jdi, un chevreau, et le lien avec ma chèvre était toute ma vie. Il était pour moi plus solide que les rochers et je n'imaginais pas qu'il puisse disparaître un jour. Et pourtant, un matin je me rendis compte que la chèvre dormait autrement que d'habitude, elle n'avait plus ces petits mouvements de la queue et des pattes qui l'agitaient pendant son sommeil, et surtout, en la serrant dans mes bras, je ne ressentais plus sa chaleur rassurante mais une masse froide et inerte. Depuis quelque temps, je la forçais à sortir alors qu'elle voulait rester à la maison ; dehors, elle marchait lentement, trébuchant parfois, et rentrait au plus vite. Le matin où je constatais qu'elle ne bougeait plus, un homme la prit et l'emmena sans que je sache où il la mettait.

Sa disparition provoqua en moi un bouleversement profond. Désormais je savais que l'aspect extérieur des êtres n'est pas définitif. Pour essayer de me consoler, mon père me dit que ma chèvre était partie dans la montagne. Mais je ne le crus pas. Je savais bien qu'elle ne vivrait plus avec moi, cependant cette séparation n'effaçait pas le lien entre elle et moi. Cette séparation me fit donner encore plus d'importance à la dimension intérieure des êtres. Il y avait autour de moi des personnes, des animaux, des objets familiers, je ne voyais que leur aspect extérieur qui était une façade, et derrière cette façade je m'efforçais de découvrir ce que chacun était au fond de lui-même. Cette manière d'établir ma relation avec ceux que je rencontrais se trouva confortée par les événements qui suivirent.

Un jour, mon père m'annonça, en manifestant sa joie et sa fierté, que j'allais être circoncis. Je ne savais pas ce que signifiait être circoncis, mon père ne m'en dit rien. D'autres cérémonies de circoncision avaient été célébrées dans les environs, mais j'en avais toujours été tenu à l'écart. À partir de ce moment, je devins l'objet de gestes d'attention qui me surprirent. Mon père voulait-il me faire oublier l'absence de ma chèvre ? Les caresses et les sourires n'étaient pas habituels. Pour quelle raison s'intéressait-il autant à moi ?

Ce matin-là, il y eut beaucoup d'agitation dans la maison. Les femmes avaient sorti leurs vêtements de fête et les hommes, réunis à l'extérieur, se saluaient tout heureux de se rencontrer. En toute confiance je me laissais prendre par mon père. Une chaise que je n'avais encore jamais vue se trouvait devant la porte, mon père s'y assit et me mit sur ses genoux, mon dos contre lui. J'étais très inquiet de ce qui allait arriver. Mon père releva ma fouqiya, mettant à nu le bas de mon ventre, en tenant mes jambes fortement écartées. Un homme que je ne connaissais pas s'approcha de nous. Mon père me dit : « Regarde l'oiseau dans le ciel. » Alors l'homme qui venait d'arriver prit ma bessa, tira sur la peau qui l'entourait, repoussa le gland, puis coupa la peau. Je me mis à crier et à pleurer, effrayé par le sang et la douleur.

Malgré mes cris et mes larmes, les femmes poussaient des youyous stridents. Elles semblaient se réjouir du mal que je venais de subir. Cette circoncision dont mon père m'avait parlé comme d'un acte important et qui avait été l'occasion d'une fête pour ma famille et les voisins, ne consistait qu'à me faire souffrir. Il m'en reste un souvenir douloureux. Si ma chèvre avait été là, elle aurait empêché qu'il me soit fait du mal en bousculant avec ses cornes celui qui avait coupé la peau de ma bessa. Les vêtements que je reçus à cette occasion n'étaient à mes yeux qu'une fausse excuse pour me faire accepter ce mal. Comment les adultes pouvaient-ils faire la fête en me faisant pleurer ?

Plus tard, lorsque je demandais à mon père quelles étaient les raisons de ma circoncision, il me répondit que c'était la volonté d'Allah pour tous les hommes. J'avais déjà entendu prononcer ce nom d'Allah dans différentes situations.

Ainsi, avant d'entreprendre des actes très divers, comme commencer un travail, partir en voyage ou se mettre à manger, j'entendais les adultes dire « Bismi'Llah ». Ou encore lorsqu'il était question d'événements futurs, l'une des personnes présentes disait spontanément « In sha' Allah ». Pourquoi cet Allah que je ne connaissais pas voulait-il cet acte qui m'avait fait mal ? Aussi je demandais à mon père :

– Qui c'est Allah ?

Avant de me répondre, il récita des paroles que je ne comprenais pas, puis il me dit :

– Je vais t'expliquer ce que je viens de dire pour que tu saches qui est Allah.

> *Allah est votre Maître*
> *Qui a créé les cieux et la terre en six jours,*
> *Puis S'est établi sur le Trône.*
> *Il fait disparaître la nuit, le jour,*
> *Il le requiert sans délai,*
> *Ainsi que le soleil, la lune et les étoiles*
> *Assujettis à son ordre.*
> *La création et l'ordre ne sont-ils pas à Lui ?*
> *Qu'Allah, le Maître de l'univers, soit béni.*
> [Sourate 7, verset 54.]

– Plus couramment, nous disons que chacun de nous est dans la main d'Allah, car Il est le

Créateur et le Maître de tout ce qui existe, tout est soumis à son pouvoir.

Mon père prononça ces paroles avec une telle force et une telle certitude qu'elles s'imposaient sans aucun doute possible. Jusqu'à ce moment je pensais que la nature, ma chèvre et moi nous étions libres et indépendants, et par ces paroles je découvrais que tout ce qui existe est soumis à la volonté d'Allah. Avant même que je fasse part de mes réflexions à mon père, il ajouta :

– Lorsque j'avais ton âge, j'ai suivi les leçons d'un fqih qui m'apprenait le Coran. Le verset que je viens de te réciter est un des plus importants et un des premiers qui me furent enseignés. Dans quelque temps tu iras, toi aussi, apprendre le Coran pour être un bon musulman, quelqu'un qui croit et qui témoigne qu'il n'y a pas d'autre divinité qu'Allah, comme cela nous est dit dans le Coran.

– C'est quoi le Coran ?

Alors mon père me récita un texte avec des mots inconnus et me dit :

> *Ce sont les versets du Livre évident,*
> *Un Coran arabe,*
> *Nous l'avons fait descendre.*
> *Puissiez-vous en avoir l'intelligence.*
> [12, 1-2.]

– Le Coran est le livre noble et glorieux qui vient d'Allah et qui nous a été transmis par son messager Muhammad (S. B. sur lui) pour que les hommes évitent le mal et fassent ce qui est bien en ce monde-ci, afin d'être accueillis après leur mort dans le Jardin des délices et de ne pas être jetés dans la Géhenne de feu.

Spontanément je demandais à mon père :

– C'est quoi la mort ?

– Je n'ai pas voulu te le dire jusqu'à maintenant. La mort, c'est ce qui est arrivé à ta chèvre lorsqu'elle est partie. C'est le moment où Allah nous enlève la force de vie que nous avons reçue de Lui.

– Ma chèvre qui a été si bonne pour moi a-t-elle été accueillie, après sa mort, dans le Jardin des délices ?

Mon père ne répondit pas à ma question, il se contenta de sourire, avec un regard plein de tristesse. Je compris que ma question lui faisait penser à d'autres personnes qui étaient mortes elles aussi. Tous ces mots : Coran, mort, mal, bien, Jardin, Géhenne, étaient tout nouveaux pour moi. Je ne voulus pas poser d'autres questions à mon père. Je le remerciai en le saluant. J'attendais de rencontrer le fqih.

Cet été-là fut très chaud, il y avait de moins en moins d'eau au fond de la vallée et dans les puits. À cette occasion, j'appris une première devinette : « Tu laves et tu la salis, qu'est-ce que c'est ? » Ce qui restait d'eau était réservé pour la boisson et pour la cuisine. Pour nous laver, nous frottions simplement le visage et les mains avec du sable.

Les moutons et les chèvres étaient déjà partis vers les pâturages d'altitude. Mon père, au moment d'aller retrouver les bergers qui surveillaient les troupeaux et de leur porter de la nourriture, décida de m'emmener avec lui. J'étais à la fois heureux et un peu inquiet, heureux de découvrir de nouveaux pays, inquiet cependant par l'aspect rude et inconnu de ce que je découvrais, perché sur l'âne qui transportait les provisions. En certains endroits, le sentier se resserrait contre la paroi dénudée de la montagne et les balancements de l'âne me faisaient craindre d'être, d'un côté, écrasé contre le rocher ou d'être, de l'autre, précipité dans le vide. J'étais surtout fasciné par ces grands espaces qui s'offraient à mon regard, émerveillé par la diversité des couleurs des roches et de la végétation.

À notre arrivée, près de tentes installées au milieu d'une grande prairie, les bergers coururent vers mon père en criant. Un mouton venait de mourir, atteint par la maladie du charbon, et ils craignaient que les autres moutons ne meurent à leur tour. Mon père avait vécu dans sa jeunesse avec des bergers, il prit la situation en main. S'adressant à l'un d'eux :

– Prends un couteau, ouvre le ventre du mouton qui vient de mourir pour en extraire le foie.

– Qu'est-ce que je fais du foie ?

– Mets-le dans un chaudron avec du lait de brebis.

Puis à deux autres bergers :

– Vous autres, brûlez le corps de ce mouton. Dès demain nous pourrons intervenir pour que les autres moutons ne meurent pas.

Le lendemain matin, mon père demanda de lui amener, un à un, tous les moutons. Il prit une aiguille qu'il trempait dans le lait du chaudron puis, en prononçant : « Bismi'Llah », perçait l'oreille de chaque bête. Les bergers n'étaient pas d'accord, tous les moutons allaient mourir, mon père leur inoculait la maladie ! Il les rassura :

– Ne soyez pas inquiets, c'est comme cela que j'ai appris jadis à les défendre contre le charbon. Dans quelques jours vous serez rassurés et convaincus.

Je restais ainsi avec mon père quelques jours au milieu des bergers. Le soir, comme l'air était très pur, les étoiles me paraissaient toutes proches, j'avais le sentiment que si mon bras avait été un peu plus long, j'aurais pu les toucher en tendant la main. Tout en regardant le ciel, je vis des étoiles se déplacer rapidement et s'éteindre, je demandais à mon père ce que c'était.

– Ce que tu vois, ce sont les épées de feu que brandissent les anges qui gardent le Trône d'Allah. Ils s'en servent pour repousser les démons et les jnoun qui cherchent à s'approcher afin d'écouter ce qu'Allah ordonne aux anges qui exécutent ses ordres. Comme Allah nous le dit dans le Coran :

> *Nous avons orné le ciel ici-bas*
> *D'un ornement, les étoiles,*
> *En protection contre tout Satan rebelle.*
> *Ils n'entendent pas le Conseil suprême*
> *Et sont rejetés de toute part.*
> [37, 6-8.]

Mon père me montra une étoile très brillante :

– Tu vois cette étoile ? Dans le Coran, Allah nous dit qu'Il en est le Maître (53, 49).

– Comment les hommes ont-ils fait pour connaître le nom des étoiles, et celle-ci comment s'appelle-t-elle ?

– Elle s'appelle Shi'râ. C'est le nom qu'Allah lui a donné. Dans d'autres langues, elle porte d'autres noms car les hommes n'ont pas su garder les noms qu'Allah nous a jadis enseignés. Car Allah a appris à Adam, le premier homme, le nom de tous les êtres (2, 31).

– Alors le nom de chèvre, Allah nous l'a appris aussi ?

– Non seulement ce nom a été enseigné au premier homme créé par Allah, mais dans le Coran ce nom nous est rappelé lorsqu'Allah précise les animaux que nous pouvons manger (6, 143).

Du haut de la montagne, non seulement je prenais conscience de la présence de ces anges et de ces démons invisibles, mais je découvrais ce regard qu'Allah porte sur sa création, un regard par lequel Il donne la vie à chacune de ses créatures, leur donne un nom et les guide tout au long de leur existence. De savoir qu'Allah est ainsi totalement notre Maître me permettait de me sentir en sécurité au milieu de ce monde visible et invisible.

Au bout de quelques jours, l'oreille des moutons qui avait été percée par l'aiguille se desséchait et parfois tombait, mais aucun ne mourut ; ils survécurent tous à la maladie, au grand étonnement des bergers. Plus tard, un professeur m'apprit ce qu'était le procédé de la vaccination découvert par Jenner, et je compris que mon père, en suivant une pratique très ancienne, avait vacciné les moutons après avoir atténué la nocivité de la bactérie du charbon dans le lait.

En redescendant vers notre village, nous avons fait halte près de plusieurs tentes où vivaient des femmes et des enfants. Dans une des tentes, je fus surpris de voir une femme dont le visage était différent des autres mais habillée comme elles. Je demandais qui elle était et pourquoi elle était là. Une autre femme qui était près de la tente me répondit :

– C'est sœur Cécile, une chrétienne, elle n'est pas musulmane, elle est là pour nous soigner, mais elle a du mal à supporter le climat et surtout le vent qui souffle à travers les tentes. L'autre jour elle s'en plaignait, je lui ai dit : « Si tu n'es pas capable de supporter le temps qu'Allah nous donne, tu n'as qu'à redescendre dans la plaine. » Elle a ri et elle est restée. Nous l'aimons bien, et pour lui faire plaisir j'ai donné le nom de Cécile à ma fille qui vient de naître.

Il y avait donc des personnes qui n'étaient pas musulmanes. D'où venaient-elles ? J'en demandais l'explication à mon père :

– Comment se fait-il que nous ne soyons pas tous musulmans ?

– Au début du monde, lorsqu'Allah a créé Adam, le premier homme qui portait dans ses reins toute la race humaine, Il nous fit témoigner devant Lui et nous avons reconnu qu'Il était notre Maître (7, 172). Chacun de nous est donc naturellement musulman. Toutefois, dans le Coran, Allah nous dit qu'avant de faire descendre le Livre sur Muhammad (S. B. sur lui), Il l'avait transmis à d'autres prophètes qui se confirmaient les uns les autres en transmettant un message identique à celui reçu avant eux (3, 81). Ibrahim, l'ancêtre des Arabes, un pieux musulman qui n'était ni juif ni chrétien (3, 67), est le premier à l'avoir reçu. Allah a ensuite donné ce Livre à Moussa, les juifs l'appellent la Torah, mais ils n'ont pas su le garder fidèlement, de même les chrétiens qui ont reçu l'Injîle par l'intermédiaire de 'Issa. Le Coran vient confirmer et transmettre à tous les hommes ce qui était dans ce Livre :

> *Il a fait descendre sur toi le Livre,*
> *Qui confirme, en vérité, ce qui était avant lui.*
> *Auparavant Il fit descendre la Torah et l'Injîle,*
> *Un guide pour les hommes.*
> *Et Il fit descendre le Discernement*
> [3, 3-4].

Pour cette raison, les juifs et les chrétiens, qui ont jadis reçu ce Livre, peuvent continuer à pratiquer leur religion, bien qu'elle ne soit plus celle voulue initialement par Allah. Toutefois il nous a été ordonné dans le Coran de ne pas les fréquenter (5, 51). Nous sommes heureux de la présence de cette infirmière chrétienne et nous espérons bien qu'un jour elle deviendra musulmane, pour ne pas aller dans la Géhenne. Toute la création, et chacun d'entre nous, sommes dans la main d'Allah. Avant l'islam, il y avait au Maroc des juifs et des chrétiens. Il existe au centre du pays une vallée appelée Injîle, les chrétiens qui y vivaient jadis sont maintenant musulmans. Parmi les juifs, certains sont devenus musulmans, mais d'autres ont gardé leur religion. Un grand nombre d'entre eux a maintenant quitté le pays.

Peu après notre retour à la maison, les hommes du village se mirent d'accord avec un fqih de la région pour qu'il vienne trois ou quatre jours par semaine apprendre le Coran aux quelques enfants de mon âge dont les familles étaient proches. Nous nous réunissions dans une pièce assez grande où les hommes avaient l'habitude de se rassembler, soit le vendredi pour prier, soit d'autres jours afin d'échanger les nouvelles et organiser la vie du village. Les leçons commençaient le matin, au lever du soleil, et nous rentrions à la maison au milieu de la journée.

Avant de nous enseigner le Coran, le fqih nous fit apprendre et réciter la profession de foi du musulman :

Il n'y a pas d'ilah excepté Allah,
Muhammad est le messager d'Allah.

Puis il nous récita des versets du Coran que nous répétions après lui. Je les apprenais très vite, et pendant que le fqih était occupé auprès des autres enfants, je laissais mon esprit vagabonder dans la nature pour me retrouver avec ma chèvre dans la lumière des grands espaces.

Au bout de quelques semaines, nous étions capables de réciter seuls certains versets du Coran, en particulier ceux que mon père m'avait déjà appris. Le fqih insista sur l'importance de la prière qui est au début du Coran, la Fatiha, pour que nous soyons de bons musulmans. Cette prière me devint vite familière. Je la récitais tout seul sur le chemin de la maison ou lorsque je vagabondais sur les sentiers parcourus auparavant avec ma chèvre :

Qu'Allah, le Maître de l'univers, soit loué.
Il a miséricorde, Il est miséricorde.
Le Souverain du jour du Jugement.
Toi que nous adorons,
Toi que nous sollicitons,
Guide-nous dans le droit chemin,
Le chemin de ceux envers qui Tu es favorable,
Non pas celui des réprouvés, ni des égarés.
[1, 2-7.]

Bien que cette prière soit formulée avec des mots nouveaux pour moi, je la récitais avec un sentiment de paix et de sécurité. J'étais rassuré qu'Allah soit le Maître de tout ce qui existe, et que rien ne puisse s'opposer à sa volonté pour nous guider dans le droit chemin. Aussi je m'interrogeais intérieurement : serait-il possible d'établir avec Allah un lien semblable à celui que je ressentais avec ma chèvre et avec la nature ?

En plus des versets du Coran, le fqih nous enseigna la pratique et les gestes de la purification et des prières rituelles. Il nous expliqua que durant la prière nous devions être tournés vers La Mekke. L'un de nous l'interrogea :

– C'est où La Mekke ?

Notre fqih commença par réciter ce verset :

Lorsqu'Ibrahim avec Ismaïl
Éleva les fondations de la Maison :
Daigne, notre Maître, l'agréer de nous,
Car Toi, Tu écoutes et Tu sais.
[2, 127.]

– La Mekke est la ville sainte où jadis Ibrahim et son fils Ismaïl ont construit un lieu de prière consacré à Allah. Le premier homme et la première femme s'y sont unis, cette ville est donc le lieu d'origine de toute l'humanité. Tout musulman doit s'y rendre en pèlerinage dans la mesure où il en a les moyens et sans priver sa famille.

Cette réponse ne nous disait toujours pas dans quelle région se trouvait cette ville. Je répétais la question :

– C'est où La Mekke ?

Alors le fqih nous montra, à travers une des fenêtres, un pic rocheux isolé, du côté du soleil levant :

– La Mekke est très loin derrière cette montagne.

Comme nous ne savions pas comment s'appelait ce pic rocheux, nous l'avons appelé « La Mekke ». Aussi lorsqu'il nous arrivait de courir dans cette direction, nous nous disions très fiers : « Nous allons à La Mekke ! »

Mais cela ne m'expliquait pas la raison des moments prescrits et des gestes que nous devions accomplir pour la prière. D'autant que, d'après notre fqih, ces moments étaient légèrement différents d'un jour à l'autre. Aussi, quelques jours plus tard, à la fin d'une leçon, je restai là et demandai au fqih :

– Est-ce Allah qui a fixé les gestes et les heures de la prière ?

Avant de me répondre, le fqih récita en chantant deux versets du Coran et me les traduisit :

> *Tourne ton visage vers la Mosquée sacrée.*
> *Où que vous soyez,*
> *Tournez votre visage de ce côté.*
> *Ceux qui ont reçu le Livre savent que*
> *Telle est la vérité venant de leur Maître.*
> *Allah n'est pas inattentif à leurs actes.*
> [2, 144.]
>
> *Pour les croyants*
> *La prière a lieu aux moments prescrits.*
> [4, 103.]

Puis il ajouta :

– Tu fais bien de me poser cette question. Dans le Coran, Allah nous demande de nous tourner vers La Mekke et nous indique les moments où nous devons accomplir la prière :

Soyez assidus aux prières,
Et à la prière médiane.
[2, 238.]

Accomplis la prière
Au coucher du soleil, à la nuit obscure.
Et une récitation du Coran à l'aube,
Car le Coran de l'aube a des témoins.
[17, 78.]

– Parmi les cinq prières de chaque jour, celle que nous accomplissons au lever du jour a donc encore plus d'importance, à cause de la présence des anges car, selon la tradition, les anges de la nuit et ceux du jour sont réunis au moment de la prière de l'aube[1].

Quant aux temps de la prière, ils ont été enseignés à Muhammad (S. B. sur lui) par Jibril, l'Esprit d'Allah, lorsqu'il est venu prier avec lui. Une première fois Jibril vint lui dire : « Lève-toi pour faire la prière du Dohr. » Il la fit avec lui après que le soleil eut atteint son sommet. Ensuite, il revint à l'heure de l''Asr et lui dit : « Lève-toi pour faire la prière de l''Asr. » Il la fit lorsque l'ombre était aussi longue que la hauteur du bâton. Au

1. Les traditions islamiques d'El-Bokhari, titre 65, sourate 17, chapitre 10.

coucher du soleil, il revint encore et lui dit : « Lève-toi pour faire la prière du Maghreb. » Il la fit lorsque le soleil eut disparu. Il se présenta après le coucher du soleil et fit avec lui la prière de l'Asha. C'était après le crépuscule. Il revint à l'aube, quand le jour commença à poindre. Jibril lui dit alors : « Accomplis ces prières de la manière et dans les moments que je t'ai appris. » C'est donc la manière de prier de Muhammad (S. B. sur lui) qui nous permet de savoir quand nous devons accomplir la prière.

J'en profitais pour poser au fqih une question que j'avais dans la tête depuis quelque temps :

– Mon père m'a dit qu'Allah avait appris au premier homme le nom de toutes les créatures. Est-ce aussi Allah qui lui a enseigné l'écriture ?

– Allah nous dit dans le Coran :

> *C'est ton Maître très généreux*
> *Qui a enseigné par le calame,*
> *Il a enseigné à l'homme*
> *Ce qu'il ne savait pas.*
> [96, 3-5.]
>
> *Qu'il ne refuse pas d'écrire*
> *Selon ce qu'Allah lui a appris.*
> [2, 282.]

Le fqih me fit ce commentaire :

– La connaissance de l'écriture nous a été transmise par Allah. Le même nom « calame » se retrouve dans les langues anciennes, le grec et le latin, ce qui montre bien que ce qui est dit dans le Coran est ce qu'Allah a enseigné jadis au premier homme.

Cependant tout cela suscitait en moi, concernant la prière, des questions que je n'osais poser à personne. Pourquoi Allah avait-Il ordonné de prier de cette manière ? Était-il possible de prier à d'autres moments en formulant d'autres louanges et d'autres demandes ? Pourquoi les hommes, selon ce que je voyais, priaient-ils si rarement ? Et les femmes pratiquement jamais ? Comment Allah pouvait-il savoir si les croyants Le priaient ? Sans qu'il ne sache rien de mes réflexions, le fqih nous fit apprendre de nouveaux versets du Coran où Allah révèle sa présence invisible et sa connaissance de tous nos actes et de toutes nos pensées :

Ne vois-tu pas qu'Allah connaît
Ce qui est dans les cieux et ce qui est sur la terre.
Il n'est pas de secret entre trois personnes
Sans qu'Il ne soit la quatrième,
Ni entre cinq sans qu'Il soit la sixième.
Il n'y a pas de groupes petits ou grands

Sans qu'Il ne soit avec eux où qu'ils se trouvent.
Ensuite au jour de la Résurrection,
Il leur dénoncera leurs actes.
Car Allah sait tout sur tout.
[58, 7.]

Le fqih nous en donna l'explication :

– Rien de ce que font, ce que disent ou ce que pensent les hommes n'échappe à la connaissance d'Allah. Car derrière chacun de nous se trouvent deux anges invisibles, envoyés par Allah, qui nous observent en permanence et inscrivent dans un livre tous nos actes, toutes nos paroles et toutes nos pensées. Au jour de la Résurrection ce livre servira de témoignage : nous serons condamnés à la Géhenne de feu (9, 35) ou nous serons accueillis dans le Jardin des délices (22, 56), selon ce qui y sera écrit.

Cette connaissance d'Allah sur moi-même me fit très peur. Quelle serait la décision d'Allah me concernant au moment où le livre sur lequel mes actes étaient inscrits serait ouvert ? Que fallait-il faire, dire ou penser pour échapper à la Géhenne et entrer dans le Jardin ? Comment savoir si ce que j'accomplissais avait la faveur d'Allah ou encourait sa condamnation ?

J'interrogeais notre fqih. Celui-ci me répondit sans paraître concerné personnellement par cette question, comme s'il récitait une table de multiplication :

– Dans ce que nous accomplissons, parmi nos actes, il convient de distinguer : premièrement, ce qui est obligatoire, ce que tout musulman doit accomplir et ne peut omettre qu'en cas d'impossibilité, les cinq piliers en font partie ; deuxièmement, ce qui est recommandé pour obtenir la faveur d'Allah, mais qui peut être omis, comme de laisser pousser sa barbe ou de rédiger un testament ; troisièmement, ce qui est indifférent, ce qui n'a pas de conséquence pour soi ni pour les autres, comme de se frotter la barbe ; quatrièmement, ce qui est répréhensible et blâmable, ce qui doit être évité mais ce qu'Allah pardonne, comme de s'approprier ce qui appartient à une autre personne ; cinquièmement, ce qui est interdit et entraîne une sanction qui pourra aller jusqu'à la peine de mort, comme de quitter la communauté musulmane en la rejetant ou en adhérant à une autre religion. Tout cela nous est précisé dans le Coran.

Cette réponse ne correspondait pas à mon interrogation : pour quelle raison telle action ou telle pensée étaient-elles conformes à la volonté d'Allah, ou au contraire étaient-elles condamnables ? Lorsque je posai cette même question à mon père, il me répondit en me donnant des critères qui nous permettent d'agir et de penser selon la volonté d'Allah :

– Lorsque l'un d'entre nous rejette une personne et ne veut pas en tenir compte, nous lui disons : « Cette personne est comme toi, elle a un père et une mère. » En effet, puisque nous avons tous été créés par Allah à partir d'un seul homme, Adam, nous sommes tous les membres d'une même famille, quelle que soit notre origine et aussi notre religion. C'est pourquoi Allah veut que nous venions en aide à tous ceux que nous rencontrons et qui ne peuvent vivre que si nous partageons avec eux. Ainsi Allah accorde sa faveur à tous ceux qui sont attentifs aux autres et Il condamne ceux qui ne s'occupent que d'eux-mêmes sans être attentifs à ceux qui sont proches d'eux. Plus tard, rappelle-toi cela et garde dans le cœur cette question : ce que je fais, ce que je dis, ce que je pense, tient-il compte des besoins de ceux qui m'entourent ? Tu as été malheureux de ce que nous t'avons fait circoncire, peut-être cela n'est pas nécessaire pour toi comme si tu devais vivre seul, mais sans cette circoncision tu n'aurais pas eu ta place dans notre communauté, car tu ne peux vivre parmi nous sans partager ce qui nous unit. C'est ce que nous rappelle le proverbe : « Fais comme ton voisin, ou bien déplace la porte de ta maison. »

L'appartenance à notre village constituait une part importante de moi-même. Les liens vécus avec ma chèvre et ceux découverts avec la nature m'attachaient tout autant à ma famille. Vivre ensemble n'était possible que si j'assumais les modes de pensée et la manière de vivre de ceux qui m'entouraient. Dans mon enfance, je pensais que j'étais libre et indépendant, désormais je prenais conscience de tout ce que j'avais reçu et qui m'insérait dans ma communauté. Mais tout cela ne m'empêchait pas de garder mon opinion et de penser, dans certains cas, que ce qui était voulu par les traditions et la coutume ne correspondait pas à ce qu'il convenait de faire.

Comme notre fqih habitait un village éloigné, les quelques jours où il venait nous enseigner le Coran il ne repartait pas chez lui mais était accueilli dans l'une ou l'autre maison. Cela dura plusieurs mois durant lesquels le fqih semblait apprécier notre hospitalité. Une fois ou l'autre, l'un d'entre nous qui s'était montré inattentif ou paresseux avait reçu quelques coups de baguette sur les mains ou sur la plante des pieds, provoquant des cris et des larmes. Mais malgré cela je garde un bon souvenir de ces moments passés à apprendre le Coran. De façon moins savante, nous nous distrayions en nous posant ces devinettes que les enfants se transmettent de génération en génération : « Un croyant au milieu de mécréants, qu'est-ce que c'est ? » (La langue et les dents.) « Deux serviteurs sur une montagne errante, l'un est un pauvre, l'autre est un tueur, qu'est-ce que c'est ? » (Les deux principales fêtes dont la date est indiquée par la lune, la petite fête à la fin du ramadan et la grande fête où l'on égorge le mouton.)

Arriva le mois de ramadan, et bien que je n'eusse pas encore l'âge de jeûner comme les adultes, je jeûnai toutefois plusieurs jours durant ce mois, partageant avec les autres le ftour au moment de la rupture du jeûne, très fier d'appartenir à la « meilleure Communauté qui ait été donnée aux hommes » (3, 110). Puis ce fut la préparation de la grande fête. Tout le village en parlait. En vue de la fête, un de nos voisins avait vendu des moutons à un commerçant qui lui en avait payé le prix en billets, dont je fis la découverte à cette occasion. Ce voisin préparait le mariage de son fils et cet argent lui était nécessaire. En toute confiance, ce voisin avait mis ses billets dans une shoukara suspendue bien en évidence dans la pièce principale. La semaine suivante, le fqih nous quitta un jour plus tôt que prévu, sous le prétexte d'avoir à préparer lui aussi la fête. Il nous adressa un salut un peu plus marqué que d'habitude et partit rapidement. Le lendemain notre voisin voulut prendre les billets dans sa shoukara. Elle était vide !

Ce voisin vint trouver mon père et en quelques mots lui raconta l'affaire, en demandant que je vienne l'aider à découvrir le voleur car, dans sa famille, il n'y avait pas de jeune garçon de mon âge. Mon père accepta, sans me donner d'explication sur ce que j'allais devoir faire. Le matin suivant, très tôt, avant le lever du jour, notre voisin vint me chercher alors que je n'avais encore rien mangé. Arrivé chez lui, il me fit boire une boisson un peu amère qui provoqua une certaine chaleur dans mon corps, puis il me fit entrer dans une pièce sans aucune lumière qu'il referma en me laissant seul. Je n'avais pas peur, toutefois je tremblais un peu. Soudain, malgré l'obscurité, des images assez vagues puis plus nettes apparurent sur le mur devant moi. À travers la porte fermée, le voisin m'interrogea :

– Hé, Fils de la chèvre, qu'y a-t-il sur le mur ?

– Je vois ma chèvre et à côté d'elle une femme que je ne connais pas. Elle me regarde avec beaucoup de tendresse.

– Je te demande de voir qui a pris mes billets.

Alors s'imposa à moi l'image du fqih, avec dans ses mains ces fameux billets.

– Oui, je vois le fqih, avec des feuilles de papier de couleur dans les mains.

Puis soudain tout disparut et je tombais à terre. Le voisin entra dans la pièce, me prit dans ses bras et me reconduisit chez mon père. Je restai à moitié endormi tout le reste de la journée.

Quelques années plus tard, mon père m'expliqua ce qui s'était passé. Ce matin-là, où dans une hallucination provoquée par la boisson qui m'avait été donnée, j'avais d'abord vu ma chèvre à laquelle je restais attaché, puis cette femme, sans doute ma mère, qui continuait de veiller sur moi. Ensuite seulement, à la demande de notre voisin, j'avais vu le fqih avec les billets dans ses mains et j'avais ainsi démasqué le voleur. Le voisin s'était rendu aussitôt dans le village où habitait le fqih, mais trop tard, celui-ci était déjà parti et personne ne savait où il était allé. Mon père me cita alors un proverbe et m'en donna l'explication :

– « Si tu voles un minaret, prévois le trou pour le cacher. » Dans nos villages, tout ce que nous faisons est connu de tous. Si l'un d'entre nous avait volé l'argent, il ne pouvait pas le dépenser au souk voisin ni dans les environs, cela se serait su : le voleur se serait trahi en dépensant cet argent. Aussi le voleur n'avait qu'une seule possibilité, quitter le village. Dans les jours qui suivirent le vol, aucun des habitants du village n'était parti. Le voleur n'était donc pas quelqu'un du village. Par contre, le fqih s'est dénoncé lui-même en quittant précipitamment notre région. Les hallucinations que tu avais eues alors correspondaient bien à la réalité.

Sur le moment je fus très dérouté de ce que le fqih ait pris cet argent, même si, comme il me l'avait dit, ce n'était là qu'un acte répréhensible qu'Allah pardonnait. Et, dans ma pensée d'enfant, j'imaginais que cet argent allait lui permettre de faire le pèlerinage à La Mekke et qu'il obtiendrait ainsi le pardon de tous les autres actes blâmables qu'il avait pu commettre.

2.

Découvertes et rencontres

Les années suivantes se déroulèrent sans événements marquants. Je continuais à parcourir les grands espaces, tout en prenant part à la vie de la maison, partageant de plus en plus les activités de mon père et des hommes. Depuis longtemps, personne ne me parlait de ma mère. Je compris qu'elle était morte comme ma chèvre. Une autre femme dirigeait la maison, elle avait donné naissance à deux garçons et une fille qu'elle surveillait jalousement, n'ayant à mon égard aucune attention sinon de me tenir à distance.

Sans le souvenir du lien d'affection vécu avec ma chèvre, lien qui s'était élargi à la nature, je me serais refermé sur moi-même. Par bonheur, il me restait de mon enfance cette démarche devenue presque instinctive où je laissais de côté l'aspect extérieur des personnes et des animaux pour n'être attentif qu'à leur vérité intérieure. Depuis l'affaire du vol et l'expérience vécue dans la pièce obscure, je sentais de plus en plus la présence de ma chèvre, surtout dans les situations où je me retrouvais seul.

Je comprenais que, dans les relations entre les personnes, les paroles ne correspondaient pas toujours à ce qu'elles pensaient vraiment et que leur intention pouvait être différente. Comme Allah le reproche à certains dans le Coran :

> *Ce qu'ils disent de leur bouche*
> *N'est pas dans leur cœur.*
> *Allah sait ce qu'ils dissimulent.*
> [3, 167.]

Cependant, sans vouloir cacher ce que nous avons dans le cœur, il ne convient pas, selon les règles de la politesse, de dire explicitement ce que nous pensons ou ce qu'il en est véritablement des faits et de la réalité. La tradition veut que, par respect pour celui à qui nous nous adressons, nous lui parlions en faisant allusion à ce que nous voulons transmettre, mais sans le lui dire explicitement. Il faut être en colère ou vouloir mépriser quelqu'un pour lui dire exactement les faits tels qu'ils sont. Il s'agit alors soit d'un manque de culture, soit d'une provocation. Un proverbe le dit bien : « Celui qui dit la vérité est un provocateur. » La parole a comme but d'évoquer ou de suggérer, elle constitue une réalité indépendante et il n'est pas nécessaire qu'elle soit conforme à la réalité. Je constatais par ailleurs que celui qui, en paroles, s'engageait à faire telle action ou tel service était tellement satisfait de l'avoir dit qu'il se gardait bien de le mettre à exécution. Le dicton concernant le fassî : « Son bras, c'est sa langue », correspond à la conduite de bien des personnes. Mais l'expérience m'a montré que, contrairement aux paroles, les gestes, eux, exprimaient toujours la réalité, et pour savoir ce que pensait vraiment quelqu'un il suffisait d'être attentif aux mouvements de ses mains, de sa tête et de son corps.

Entre enfants, nous pratiquions volontiers le jeu des devinettes. J'en ai gardé un certain nombre dans ma mémoire, les évoquer me permet de faire revivre toute cette période de mon enfance. Il y avait celles concernant les plantes, ainsi pour le roseau : « Puits sur puits, et chaque puits a un couvercle », pour l'oignon : « Sa taille est celle d'un poing et il a plus de vêtements qu'un roi » ou encore pour l'orange : « Nous nous conduisons de façon étonnante, nous en mangeons l'argent et en rejetons l'or. » Il y avait celles sur les murs d'une pièce : « Son frère et lui ont la même taille mais ils ne peuvent se rejoindre. » Ceux concernant la vie domestique, ainsi pour le charbon de bois : « Vert dans la forêt, noir au souk et rouge à la maison », pour le soufflet : « Ses faces sont en bois, ses côtés en cuir et sa bouche est à la porte de la Géhenne », pour le pilon et le mortier : « L'enfant frappe son père », ou pour les ciseaux : « Il mange avec sa bouche en dansant avec ses jambes. »

Cela faisait partie des multiples jeux que les plus âgés étaient très fiers de transmettre aux plus jeunes. Il s'agissait parfois de réalités que nous n'avions jamais rencontrées et encore moins pratiquées. Ainsi pour le téléphone : « Il te parle et tu lui parles mais tu ne le vois pas. » Mais la plupart du temps ces devinettes transformaient et magnifiaient la réalité qu'elles décrivaient en l'associant au monde qui nous entourait. Ainsi les plumes, le bec et la queue de la cigogne étaient comparés à d'autres objets de la vie quotidienne : « Plus blanc que la graisse, plus noir que le charbon, plus droit qu'un fuseau, plus courbé qu'une faucille. » La vache devenait une répétition du nombre quatre : « Quatre en l'air (les oreilles et les cornes), quatre par terre (les pattes) et quatre pour la fermière (les pis). » Tandis que la fouqiya devenait une multiplication : « Tu y entres par un trou et tu en sors par trois. » Mais la devinette que nous répétions le plus souvent avec toujours beaucoup de plaisir concernait le selham : « Il a un dos et n'a pas de ventre, il a une tête et n'a pas de visage, il a deux ailes et ne vole pas. »

Nos jeux avaient parfois des conséquences imprévues. Un jeune d'un village voisin eut la mauvaise idée d'enlever les œufs qui étaient dans un nid de cigognes, et de les remplacer par d'autres œufs qui avaient le même aspect. La cigogne continua de les couver sans s'apercevoir du changement. Mais lorsque les oiseaux sortirent de l'œuf, la maman cigogne fut toute surprise. D'autres cigognes vinrent voir les petits oiseaux, puis se réunirent, discutant entre elles avec des claquements de bec, pour enfin fondre ensemble sur la cigogne qui avait couvé les œufs et la tuer. L'auteur de ce drame regretta son geste, mais il était trop tard. Cette affaire, somme toute très simple, suscita en moi une grave question : dans quelle mesure ce jeune était-il responsable de la mort de la cigogne ? Cette mort d'un oiseau qui n'avait commis aucune faute, était-elle voulue par Allah ? Plus tard je compris, grâce au Coran, que la sagesse d'Allah était bien au-dessus de celle des hommes et qu'Il voulait, à travers de tels événements, nous faire comprendre les limites de notre intelligence et les conséquences imprévisibles de certains de nos actes.

À cette époque, j'allais suivre les cours à l'école du douar, située à une demi-heure de marche de la maison. Comme une terre fertile nouvellement mise en culture, l'enseignement que je recevais produisait des fruits abondants qui faisaient la joie de mon instituteur et de mon père. Malgré la surprise que je provoquais quelquefois, en n'étant pas du même avis que mon professeur et mes camarades sur des sujets où ils acceptaient l'opinion générale qui ne me semblait pas conforme au bon sens. Toutefois, sans que je sois mis au courant, il fut décidé que, contrairement aux autres enfants de ma classe, je serais envoyé au collège du chef-lieu de la province. Cette décision semblait honorer mon père et sa femme y voyait une charge de moins. Depuis ma petite enfance, je désirais découvrir le reste du monde, ce départ au collège m'offrait la possibilité d'élargir ma découverte de la nature, ma grande chèvre !

Mais ce que je découvris était tout autre. À la place des grands espaces, je découvrais des couloirs sombres, des salles de cours encombrées par des tables et des sièges, un réfectoire où chacun avait sa propre assiette et ses couverts, un dortoir avec des lits européens alignés le long du mur, et surtout des fenêtres qui ne laissaient voir que le ciel. Durant les trois premières années, je subis cette vie qui m'était imposée à la manière d'un automate : du réveil au coucher tout était fixé par le règlement, contrôlé par des surveillants comparables à ces deux anges qui nous observent en permanence. Même les temps de détente devaient se dérouler selon un programme prévu à l'avance. Ma vie de collégien était exactement à l'opposé de ce que j'avais vécu jusqu'alors. En cette occasion, je fis de nombreux rêves où ma chèvre m'entraînait dans des courses folles survolant des paysages merveilleux, et, bien que vivant dans un univers fermé, je m'évadais dans cet espace vaste et lumineux de mon enfance. Je pus ainsi accepter ce nouveau mode de vie, au moins les premières années. Car tout était nouveau pour moi : depuis les vêtements, chemise et pantalon, les livres et cahiers personnels, l'eau qui coulait quand j'ouvrais un robinet, la lumière électrique que je pouvais allumer et éteindre en appuyant sur un bouton, les sonneries, le téléphone, la télévision.

Cependant je recherchais pour dormir ce que j'avais vécu jadis avec ma chèvre. Presque toutes les nuits un autre pensionnaire venait dormir près de moi ou j'allais près de l'un d'eux. Serrés l'un contre l'autre, je retrouvais ce contact avec un autre corps vivant, savourant sa chaleur animale. Ces rencontres étaient parfois interrompues par un surveillant qui renvoyait chacun dans son lit. Mais tout cela était très différent du lien affectif que j'avais avec ma chèvre et que je revivais dans mes rêves. Heureusement, ma vie n'était pas limitée seulement au collège.

Un ami originaire du même douar que moi m'invita, un soir où je pouvais sortir, à venir participer à une séance de prière dans une confrérie dirigée par un Sheikh réputé pour sa puissance spirituelle. Après m'être incliné devant lui et lui avoir embrassé l'épaule en signe de déférence, je pris place parmi les hommes qui étaient déjà rassemblés. Nous récitâmes la prière de l''Asha, puis le Sheikh nous entraîna dans une autre prière avec des mouvements rapides, scandés par une invocation répétitive du nom divin. Quelques participants entrèrent très vite dans un état second, certains avaient les yeux fermés, d'autres gardaient leurs yeux ouverts mais paraissaient ne rien voir de ce qui les entourait et leurs mouvements très rapides semblaient s'imposer à leur corps. D'autres, tout en participant aux gestes et aux paroles de l'assemblée, gardaient leur visage habituel, marqué toutefois par une certaine déception, car ils ne parvenaient pas à s'abandonner à l'élan du groupe pour entrer en transe eux aussi. Après avoir partagé un long moment les gestes saccadés du corps et les invocations d'Allah jaillissant à plein gosier de mes voisins, je commençais à sentir une légère torpeur mais je revins vite à l'état de spectateur. La vraie démarche de la prière ne me semblait pas devoir être provoquée par l'accumulation systématique de gestes répétitifs et de paroles proclamées d'une voix forte. À la fin de la séance, je remerciai mon ami mais je ne voulus pas entrer dans cette zériba, comme il nous arrive d'appeler une confrérie.

Notre professeur de littérature arabe m'accueillait de temps en temps chez lui, surtout en fin de semaine quand je ne rentrais pas à la maison. Lorsque je lui fis part de mes impressions sur la réunion de la confrérie, il m'approuva :

– Ton attitude vis-à-vis de ce genre de prière est juste. Selon l'islam, le croyant n'a pas à exprimer son adoration envers Allah par des gestes et des paroles extraordinaires, Muhammad (S. B. sur lui) nous a montré que les actes de purification et de prière ont d'abord une dimension intérieure. Nous nous inclinons, le front contre terre, devant le Maître de l'univers dans une attitude d'adoration, sans provoquer en nous des gestes extatiques.

Je considère que le roi Hassan II n'a pas agi en bon musulman en autorisant de nouveau certaines pratiques religieuses que Mohammed V avait interdites, comme le moussem des 'Aïssaoua à Meknès, car elles ne sont pas conformes au véritable islam. Sur ces questions, j'ai été formé par l'enseignement d'un 'Alem qui a été mon professeur à l'université Karaouyine de Fès, Moulay Mohammed Ben Larbi el-Aloui. Il était parent et ami personnel du sultan Mohammed Ben Youssef, et il fut le seul de tous les ulémas du Maroc à refuser de signer la déposition du sultan, en 1953.

Cet 'Alem avait, dans certaines situations, une conduite très personnelle. Lors de son premier cours, il est arrivé vêtu d'une jellaba mais avec des chaussures européennes, ce qui suscita des chuchotements dans l'assistance. Faisant mine de se retirer, il dit à ses étudiants : « Rassurez-vous, je vais envoyer mes babouches pour vous faire le cours. » Quelque temps plus tard, comme des propos malveillants circulaient contre lui, des étudiants allèrent le prévenir. Après les avoir écoutés, il ne dit rien, mais il prit une zlafa, la posa contre le mur puis écarta la main. La zlafa tombant par terre se cassa et il ne fit que ce commentaire : « Ce qui ne tient pas ! », et l'affaire en resta là.

Plus tard, le roi Hassan II, sachant que Moulay Mohammed n'appréciait pas sa manière de gouverner, l'invita à venir à Rabat pour imposer le nom à son fils aîné, le prince Sidi Mohammed (le futur Mohammed VI), qui venait de naître. Ceci afin de le rallier à lui et d'obtenir un soutien à sa politique. Il fit répondre au roi Hassan II qu'il était maintenant trop âgé pour se rendre à Rabat et, jusqu'à sa mort, il ne quitta pas la ville de Fès « pour ne pas offenser le roi ».

Toujours préoccupé par ce qui m'avait été dit concernant ce qu'Allah avait enseigné au premier homme, je posais la question à mon professeur :

– Je ne comprends pas comment Allah a pu apprendre à Adam le nom de réalités qui n'existaient pas de son temps et que les hommes ont découvertes plus tard, comme l'électricité ou l'automobile.

Sa réponse me fit découvrir tout un aspect du monde que j'ignorais :

– Certes Allah a appris à Adam les noms des créatures qui étaient dans le monde au moment où Il l'a créé. Mais Il a fait plus encore. Selon les auteurs anciens, l'ange Jibril remit à Adam des grains de blé, un araire et une paire de bœufs de labour ; il lui apprit à préparer la terre, à semer et à récolter le blé, à moudre les grains, à pétrir et cuire le pain. Allah a également donné aux hommes l'intelligence par laquelle ils sont capables de découvrir comment transformer ce monde et de choisir des noms qui correspondent à ce qu'ils mettent en œuvre. C'est ce qu'Allah nous dit dans le Coran :

> *Je vais établir un Khalifa sur la terre*
> [2, 30.]

– Cette capacité des hommes à continuer l'action d'Allah est évidente lorsque nous considérons la culture des céréales. Dans mon enfance, j'ai encore vu les femmes égrener les épis de blé qui venaient d'être récoltés. Les grains situés en haut et en bas de l'épi étaient mis à part et servaient à la nourriture, tandis que les grains situés au centre de l'épi étaient conservés pour être semés à l'automne ou à la fin de l'hiver. Ainsi les hommes avaient découvert, en comparant les épis produits par les différents grains, que ceux situés au milieu donnaient une meilleure récolte. J'appris plus tard que les paysans italiens faisaient jadis de même. Il est donc vrai qu'il y a chez les humains des activités qui leur sont communes avant même la venue du Coran et qui nous font découvrir ce qu'Allah a appris à tous les hommes.

Il en est ainsi également pour l'écriture. La tradition musulmane nous apprend qu'Edris fut le premier à utiliser le calame pour écrire, selon l'enseignement qu'il avait reçu d'Allah, mais les hommes ont ensuite donné différentes formes aux lettres. Tu sais bien qu'il existe plusieurs manières d'écrire la langue arabe et que jadis les lettres f et q ne s'écrivaient pas avec les points placés de la même façon au Proche-Orient et ici. Nous savons qu'à l'origine l'écriture comportait surtout des consonnes et trois voyelles longues. Les voyelles brèves, qui précisent la fonction des mots, ont été ajoutées plus tard. Ceci explique que la meilleure transmission d'un texte ne se fait pas d'abord par écrit mais par oral.

– Alors je comprends pourquoi le fqih nous a fait apprendre le Coran en le récitant, avant de nous apprendre l'écriture.

– Oui, mais il fallait aussi apporter la preuve que ce qui est transmis oralement correspond bien au message originel. C'est pourquoi, jadis, lorsqu'un roi voulait envoyer un message dans une de ses provinces ou dans un autre pays, il convoquait trois personnes : un messager et deux scribes qui avaient reçu d'Allah la connaissance de l'écriture. Le messager, souvent un illettré, écoutait les paroles du roi et les apprenait par cœur, pendant que les deux scribes les écrivaient à l'aide d'un calame sur une tablette d'argile humide qui se durcissait en séchant. Une des deux tablettes était conservée en archive, l'autre était confiée au messager qui, arrivé à destination, la donnait à un scribe local. Celui-ci vérifiait que ce qui était récité par le messager était bien ce qui était gravé sur la tablette. Celle-ci avait donc pour fonction de vérifier et d'authentifier ce que disait le messager. Ainsi la transmission du texte s'effectuait d'abord et principalement par oral.

En ce qui concerne le Coran, c'est l'ange Jibril qui en a fait descendre le contenu sur le cœur de Muhammad (S. B. sur lui) comme Allah nous le rappelle :

> *Dis : qui est l'ennemi de Jibril ?*
> *Car c'est lui qui l'a fait descendre sur ton cœur*
> *Avec la permission d'Allah.*
> *Pour confirmer ce qui l'a précédé,*
> *Guide et annonce pour les croyants.*
> [2, 97.]

Par la suite les musulmans l'ont conservé et l'ont transmis grâce à des récitants qui avaient entendu Muhammad (S. B. sur lui) le réciter et l'avaient mémorisé. Les auteurs anciens nous rapportent que le Coran est aussi descendu sur la poitrine d'Abu Yazîd alBistâmî par inspiration et qu'Allah lui en a transmis la totalité sans l'intervention d'aucun autre transmetteur.

Le texte écrit du Coran a d'abord été conservé de façon partielle. Le recueil complet de toutes les sourates a été constitué plus tard. Quoi qu'il en soit, c'est un honneur, aujourd'hui, pour un musulman de connaître par cœur tout le Coran, même s'il ne l'a pas reçu directement d'Allah.

Vers ma quatorzième année, avec la puberté, je devenais un musulman responsable de mes actes. J'étais de plus en plus désireux d'établir avec Allah cette relation que j'avais vécue avec ma chèvre et avec la nature. Cette année-là, juste avant la fin du ramadan, lors de la Nuit du Décret divin, nuit de prière fervente animée par la récitation complète du Coran, j'eus la joie de vivre une expérience spirituelle qui me marqua profondément. Je ne savais pas encore que, selon le Coran, les Anges et les Esprits descendent vers nous cette nuit-là, par permission de leur Maître (97, 4). Je me trouvais dans une des mosquées de la ville, juste devant le mur situé à droite du mihrab, un mur tout blanc sans aucune décoration. L'imam qui proclamait le texte sacré venait de commencer la récitation de la sourate « le Rassemblement » (59). Il arriva au verset :

> *Houwa, Allah,*
> *Qui est sans autre ilah que Lui,*
> *Le Souverain, le Très-Saint,*
> *Le Pacifique, le Véridique,*
> *Le Dominateur, le Puissant,*
> *Le Contraignant, l'Impérieux.*
> *Gloire à Allah,*
> *En excluant ce qu'ils associent.*
> [59, 23.]

Soudain, le mur qui se trouvait devant moi disparut et je fus mis en présence de Celui que nous appelons Allah, mais je ne pouvais alors lui donner aucun autre nom que « Lui », « Houwa ». Devant Lui je n'étais rien. Cela ne dura qu'un court instant, mais il m'en est resté une marque profonde dans mon esprit. Dans ce moment de prière intense, je compris de façon profonde et durable le sens de l'invocation « Allahou akbar ». Allah est vraiment Celui Qui est plus grand que tout, Qui est au-delà de tout et à Qui rien ne peut être comparé. Maintenant, lorsque je prie, je ne vois rien, je ne sens rien, et c'est bien ainsi, mais je garde au cœur la certitude qu'Il est là, faisant exister tout ce qui m'entoure. Comme Lui-même nous le dit dans le Coran :

Puisque Nous avons créé l'homme
Nous savons ce que son esprit lui chuchote,
Nous sommes plus proches de lui que sa carotide,
Tandis que surveillent les deux veilleurs
Montant la garde à droite et à gauche.
[50, 16-17.]

Par la tradition, je sais que l'un des deux anges est au service d'Allah et que l'autre est un démon. Aujourd'hui encore, contrairement à Muhammad (S. B. sur lui), je n'ai pas réussi à convaincre ce démon qu'il doit devenir musulman. Ce qui explique qu'il y avait des jours où l'ange et le démon chargés de me surveiller écrivaient autre chose que la prière fervente d'un jeune musulman.

Vers la fin de mon séjour au collège, un de mes camarades, plus âgé que moi, me posa cette question :

– Est-ce que tu aimes le coquelicot ?

Voyant ma surprise à cette question, il se mit à rire et il m'expliqua que le coquelicot s'appelle aussi un « tebboune de juive ». Il me proposa de l'accompagner à la « maison du savon » qui se trouvait à proximité des casernes. Dès l'entrée, un parfum très fort me remplit la gorge et les poumons, l'ambiance était feutrée, la lumière tamisée, un appareil jouait en sourdine de la musique andalouse. Mon camarade semblait être connu de la femme qui nous accueillit, il me présenta sous un nom qui n'était pas le mien et donna à cette femme de l'argent, en précisant que c'était pour nous deux. Arriva alors une jeune femme, vêtue d'un peignoir, elle avait une bouche gourmande mais un regard nostalgique. Elle me prit la main et je la suivis. Après quelques instants, où je me laissais faire, mon corps vibra comme jamais auparavant. Sur le moment ce contact si intense me transporta, et j'eus l'impression que ma chèvre était heureuse de ce qui m'arrivait, toutefois je restais insatisfait qu'une émotion si forte soit si éphémère. Cependant, sous la poussée de la vie, de Fils de la chèvre j'étais devenu un jeune bouc.

Cette première rencontre laissa en moi un désir parfois compulsif qu'il me fallait satisfaire. De retour à la maison, après avoir achevé mes études au collège, je profitais de la liberté que nous donnent les grands espaces et les replis de terrain propices aux rencontres, ces replis que les bergers connaissent bien car il est facile d'y construire des enclos pour le troupeau. Dans la journée j'assurais les services habituels de la maison et je profitais des temps libres, surtout au crépuscule, pour organiser des rendez-vous avec des jeunes femmes connues pour être accueillantes aux rencontres avec des jeunes célibataires ou même des hommes mariés. Certains camarades m'avaient mis en garde sur de telles relations. Il y avait le risque d'être contaminé par différentes maladies. Par ailleurs, je savais qu'après de telles rencontres j'étais en état d'impureté légale et que je devais me purifier avant de prier, comme il est écrit :

> *Je m'adresse aux croyants :*
> *Quand vous vous disposez à la prière*
> *Lavez vos visages et vos mains jusqu'au coude*
> *Passez la main sur vos têtes*
> *Et sur vos pieds jusqu'aux chevilles.*
> *Si vous êtes en état d'impureté,*
> *Purifiez-vous.*
> [5, 6.]

Mais cela ne suffisait pas à faire obstacle à des rencontres avec des femmes. L'une d'elles portait un collier très original, différent de ceux que portaient les autres femmes. Poussé par la curiosité, je me permis de lui demander d'où venait ce collier. J'étais loin de m'attendre à sa réponse :

– Ce collier m'a été donné par la sœur de mon père qui, avant 1953, avant l'exil du sultan, était une de ses concubines et vivait au Palais de Rabat.

Elle fit partie de celles que le sultan ne voulut pas emmener avec lui à Madagascar. Les services du Protectorat eurent mission de leur trouver un mari. Les autorités françaises donnèrent comme époux à ma tante un des chauffeurs au service du Résident général de France, un homme simple avec qui elle vécut le reste de sa vie. Après son retour d'exil, le roi Mohammed V la fit appeler au Palais. Elle s'y rendit, accompagnée de son mari. À son arrivée le roi lui demanda : « Tu les as ? » Alors ma tante sortit de sous ses vêtements un sac plein de bijoux qu'elle donna au roi. Celui-ci les étala sur la table, ouvrit un carnet où se trouvait la liste des bijoux qu'il lui avait jadis offerts et les vérifia un par un. L'inventaire terminé, le roi les reprit tous sauf ce collier que tu vois et le rendit à ma tante. « En souvenir », lui dit-il. C'est ce collier que je porte depuis que je l'ai reçu de ma tante.

Cette première confidence sur l'origine de ce collier en provoqua une seconde :

– Ma tante m'a raconté que, dans le harem du sultan Mohammed Ben Youssef, ses épouses et ses concubines se querellaient volontiers. Ces dernières étaient jalouses de la mère des deux princes Moulay Hassan et Moulay Abdallah. Elles racontaient que cette première épouse, une femme du sud, à la peau foncée, qui avait été offerte jadis au jeune sultan par le pacha de Marrakech lors de sa première visite dans la région, portait déjà dans son sein le prince Moulay Hassan avant de devenir l'épouse du sultan. Elles ajoutaient même que dans une lettre où le sultan remerciait le pacha de son accueil, il lui confiait que la moukohla qu'il lui avait offerte était chargée. C'est sans doute à cause de ces propos malveillants que le sultan se sépara d'une partie de ses concubines lors de son exil.

En conclusion, elle me donna son opinion sur ce sujet :

– Quoi qu'il en soit, le roi Hassan II montre bien par la fermeté de son gouvernement qu'il est Amir elMouminine comme le fut Mohammed V, son père.

Mes études au collège et les rencontres avec d'autres personnes m'avaient fait découvrir un mode de vie très différent de celui vécu dans mon enfance. Il était difficile pour moi de revenir vivre au douar, au rythme de la famille. Il n'y avait plus de place pour moi. Les principales activités de la maison étant assurées par les autres enfants de mon père dont l'éducation s'était limitée à l'école du douar, mon père ne pouvant pas envoyer plus d'un enfant au collège. Un des enseignants m'avait plusieurs fois proposé de devenir enseignant comme lui, je me dis que ce serait là un moyen de poursuivre mes études, de sorte qu'à la fin de mes années de collège, tout fut mis en place pour que, à la rentrée suivante, je suive la formation d'instituteur. Cela m'obligeait à vivre dans un établissement situé plus au nord, il fallait une demi-journée de car, et quelquefois plus, pour s'y rendre. Je m'y sentis très vite à l'aise, apprendre me passionnait. De façon confuse mais très réelle, je sentis que ma chèvre approuvait pleinement cette orientation de mon existence, et à l'arrivée dans ce nouveau lieu de vie, j'eus droit à un rêve encore plus extraordinaire : ma chèvre m'entraînait dans une mer de livres et de documents où toutes les connaissances des hommes me devenaient accessibles. J'ai vécu là trois années qui furent décisives dans l'orientation de ma vie.

En dehors des cours, diverses rencontres vinrent élargir ma vision du monde. Parmi le personnel de l'établissement je remarquais le cuisinier, un Rifain. Derrière un aspect assez calme, transparaissait un personnage qui n'avait pas toujours mené une vie aussi rangée. Il me fallut plusieurs mois pour obtenir sa confiance. De temps en temps, après les cours, je venais le retrouver dans l'arrière-cuisine et là, tout en buvant à petites gorgées le thé à la menthe, je l'écoutais évoquer ses souvenirs :

– Jeune homme j'ai travaillé avec une jeune anglaise pour transporter, en hélicoptère, du kif depuis le Rif jusqu'au sud de l'Espagne. Ce fut mon premier salaire et mes premières relations avec une femme étrangère. Par la suite, à l'époque du retour de Mohammed V au Maroc, je fus contacté par un Français pour organiser un attentat dans les dépendances de la Résidence espagnole à Tétouan. Cet homme était célèbre en France sous le nom de Pierrot le fou. Le but de cet attentat était de mettre fin à la fourniture par l'Espagne d'armes destinées aux rebelles qui faisaient sécession au sud du Rif. Le dernier Résident général français, André-Louis Dubois, l'avait contacté par l'intermédiaire de son épouse, une journaliste très connue en France. Il ne l'avait pas rencontré personnellement, mais lui avait fait demander de réaliser cet attentat sans tuer personne. Ce fut une belle explosion et il m'arrive d'avoir envie de recommencer. Ce fut un moment de vie intense où je me sentais soutenu par Allah Lui-même, comme il est dit dans le Coran :

Assurément Allah aime
Ceux qui combattent
Dans sa voie en rang serré.
[61, 4.]

Je me gardais bien de lui faire remarquer que, dans ce texte, le verbe combattre est la forme intensive d'un verbe qui, à la forme simple, signifie tuer et massacrer. En provoquant cette explosion, il n'avait tué personne et encore moins agi en rang serré, car il avait agi avec un homme qui n'était pas musulman pour un acte qui n'était pas dans la voie d'Allah. Toutefois je ne lui dis pas que ce verset ne le concernait pas.

Un soir où sa femme était partie pour quelques jours dans sa famille, le cuisinier me fit part de ses réflexions sur le mariage :

– Les femmes sont indispensables, elles engendrent nos enfants et elles nous permettent de vivre l'émotion la plus intense qui soit :

Le Créateur des cieux et de la terre
A établi pour vous des partenaires
Parmi vous-mêmes
Et des partenaires parmi les troupeaux,
Par là Il vous multiplie.
[42, 11.]

– Tu connais le dicton : « Le mariage est la moitié de la religion. » Lorsque je suis près de ma femme, je ressens la présence de ces quatre veilleurs, les miens et ceux de mon épouse, qu'Allah dispose derrière chacun de nous, et je suis comme à la mosquée.

Lorsque tu étais enfant, tu as sans doute appris des devinettes sur les femmes. Celles concernant la femme enceinte : « Maison sur maison et les clés sont chez Allah », ou encore : « Notre silo est sous notre couffin, mais je ne sais pas s'il contient un pois ou une fève. » Nous ne pouvons pas vivre sans les femmes, elles nous sont utiles tout au long de notre vie. C'est ce que nous rappelle cette autre devinette décrivant une femme qui revient de la source ou du puits en portant une jarre sur sa tête : « Le cavalier est muet, c'est le cheval qui parle. »

Quand je me suis marié, j'ai gagné une heure chaque jour, car je n'étais plus obligé de chercher avec qui j'allais coucher le soir. Je ne peux pas dormir sans être à côté d'une femme. Comme il est dit dans le Coran :

> *Elles sont pour vous un vêtement,*
> *Et vous êtes un vêtement pour elle.*
> [2, 187.]

Vos femmes sont pour vous une terre arable,
Allez vers votre terre à volonté.
[2, 223.]

Mais fais bien attention quand tu seras marié, car certains maris sont ridiculisés par leur épouse qui les drogue et les domine. Même si cela te permet d'être en érection durant une journée entière, ne laisse pas ta femme te donner trop souvent le kirmis. Grâce au kirmis, tu pourras vivre des moments de plaisir intense, mais tu y perdras vite ta santé. Tu dois savoir que le proverbe : « Prends garde à ton ennemi une fois, mais prends garde à ton ami mille fois », s'applique en particulier aux femmes qui se disent nos meilleures amies. Le verbe « marier » est la forme intensive d'un verbe arabe ancien qui signifie « mettre la zizanie entre des personnes ». Sois sur tes gardes, en particulier veille à ce que la femme n'utilise pas ta remya pour un usage maléfique, ne la laisse pas récupérer ta semence. Par ailleurs, surveille bien ta maison : le jeune voisin n'entre pas seulement par la porte, il passe aussi par la terrasse. Sur cette question, le Coran nous dit :

Les hommes prennent en charge les femmes,
Parce qu'Allah les a placés avant elles,

Et qu'ils dépensent leurs biens...
Celles dont vous craignez l'infidélité
Réprimandez-les,
Abandonnez-les dans leur lit
Et frappez-les.
[4, 34.]

Rappelle-toi le proverbe : « Sois loup avant que les loups ne te mangent. » Il n'y a pas d'autre possibilité. Quand tu verras un couple qui paraît s'entendre, sache bien que l'un des deux domine l'autre. De toute façon, comme le dit un autre proverbe : « Avec les femmes c'est pénible, mais sans elles c'est pire. »

Tout ceci me faisait à la fois désirer le mariage et en craindre les conséquences. La recherche de rencontres féminines prenait une part importante dans ma vie quotidienne, mais chaque fois j'en gardais un goût amer ; l'amour, ce n'était pas seulement cela. Sur ce sujet, je n'avais personne à qui demander conseil. Ma chèvre ne semblait pas, dans mes rêves, s'en préoccuper. Fallait-il accepter comme épouse celle que mon père choisirait pour moi ? Ou bien chercher moi-même, de façon incertaine, une personne qui m'était pour une grande part inconnue ?

J'étais bien plus attiré par le désir de mieux connaître ce chemin par lequel Allah nous guide. Ma connaissance de la langue arabe me permettait maintenant de lire le Coran directement sans passer par les leçons d'un fqih. En dehors des prières rituelles, je passais de longs moments à le psalmodier, me laissant entraîner par l'intensité des paroles transmises par ce Livre. À certains moments, la prière me faisait vivre un sentiment très fort d'acceptation de tout ce qu'Allah décidait pour moi et cela me remplissait d'une grande plénitude intérieure. Mais je n'arrivais jamais à revivre cette présence si intense ressentie jadis durant la Nuit du Décret divin.

La lecture du Coran suscitait en moi des attitudes contradictoires : j'imaginais avec joie le Jardin des délices (26, 85), un Jardin large comme les cieux et la terre (3, 133), avec des salles sous lesquelles coule une eau abondante (29, 58). Il s'y trouve quatre fleuves : un fleuve d'eau non polluée, un fleuve de lait au goût inaltérable, un fleuve de vin délectable et un fleuve de miel pur (47, 15), avec toutes les espèces de fruits (55, 52). Nous y vivons allongés sur des lits élevés recouverts de tapis, appuyés sur des coussins, avec des coupes à notre portée (88, 13-16), vêtus de satin et de brocart (44, 52). Nous y trouverons des épouses purifiées, et nous y demeurerons pour toujours (2, 25). J'en concluais qu'avoir une épouse faisait partie du bonheur de la vie ici-bas et de l'au-delà. J'avais en moi la certitude profonde que ma mère et ma chèvre m'y attendaient. Et je relisais avec ferveur ces versets du Coran :

> *Entrez dans le Jardin, vous et vos épouses*
> *Vous serez dans la joie.*
> *Parmi eux passent*
> *Des plateaux d'or et des coupes,*
> *Il s'y trouve ce qu'eux-mêmes désirent,*
> *Ce dont les yeux se délectent.*
> *Vous y serez éternels.*
> *Tel est le Jardin qui sera votre héritage*
> *Pour ce que vous avez fait.*
> *Il y aura pour vous des fruits en abondance*
> *Vous en mangerez.*
> [43, 70-73.]

Mais comme le dit le proverbe : « Le Jardin des délices s'ouvre parfois, tandis que la Géhenne de feu est toujours ouverte. » Je devais donc craindre ce châtiment dont il est souvent question dans le Coran : le brasier (4, 10), la fournaise (26, 91), la chaleur ardente roussissant la chair, tandis que nous surveillent les dix-neuf anges compagnons du feu (74, 26-30) et la Houtamah, cette flamme qui vrille nos entrailles et se referme sur nous en longues colonnes (104, 5-9). Dans un lieu où il n'y a ni vie ni mort pour ceux qui y sont condamnés (20, 74). Aussi m'arrivait-il souvent de demander à ma mère et à ma chèvre qu'elles m'aident à avancer dans le droit chemin.

Par un ami qui avait fréquenté des soufis, j'appris que pour les mystiques ce n'est pas le contenu du texte qui nous permet d'approcher d'Allah, mais la personne qui le transmet :

– Ainsi, lorsque tu entends un musulman réciter le Coran, tu perçois qu'en étant proche de lui tu es aussi proche de celui qui lui a transmis ce texte, qui lui-même l'a reçu d'un autre croyant qui l'a reçu d'un autre en remontant ainsi jusqu'à Moulay Muhammad (S. B. sur lui). Ainsi en écoutant un musulman proclamer le Coran, tu te trouves par cette chaîne de transmetteurs près de Moulay Muhammad (S. B. sur lui), et donc également près de l'ange Jibril lorsqu'il lui transmettait le Coran. En étant près de Jibril qui reçoit d'Allah le Coran, tu es aussi en présence d'Allah. Car avant d'être un texte transmis aux hommes en langue arabe, le Coran existe chez Allah depuis toujours. Selon ce que j'ai lu dans les traités d'alAsh'ari, le Coran n'est rien d'autre que la Parole éternelle d'Allah. Ce qui compte, ce ne sont donc pas les mots mais le lien par lequel Allah nous guide et nous fait vivre. As-tu médité les derniers versets de la sourate « La nuit » (92) ? :

> *Aucune faveur divine ne récompense*
> *quelqu'un pour ce qui est en lui,*
> *Excepté s'il a le désir*
> *de la Face de son Maître suprême.*
> *Alors Il en saura gré.*
> [92, 19-21.]

– C'est pourquoi, lorsque tu psalmodies le Coran, fais grandir en toi ce désir de la Face de ton Maître suprême. Plus tard tu découvriras qu'il est possible d'être à chaque instant animé par ce désir.

J'avais remarqué dans une des boutiques un commerçant différent des autres. Il se tenait assis en retrait, devant lui se trouvaient divers objets, des fils de toutes sortes, des aiguilles, des rubans de couleur, des crayons, des peignes, de petits miroirs… le prix de chaque objet était indiqué clairement. Les clients s'arrêtaient, le saluaient d'un signe de tête, sans rien dire, prenaient ce qu'ils désiraient et laissaient le paiement dans une boîte où il y avait déjà de l'argent, ce qui leur permettait d'en prendre la monnaie s'ils n'avaient pas la somme exacte. Au fond de sa boutique, l'homme perdu dans sa prière ne semblait s'intéresser à rien d'autre. Ses yeux fermés étaient tournés vers l'invisible et son visage laissait percevoir toute la joie profonde de cette rencontre intérieure. Je me gardais bien de l'interroger, mais je voulais savoir. Par un boutiquier voisin, j'appris que cet homme appartenait à une famille où il y avait, de génération en génération, des soufis. Après un temps de formation, ceux qui se destinaient à cette prière continuelle revenaient dans leur famille qui les installait dans une boutique comme celle que j'avais remarquée, et là ils poursuivaient leur chemin intérieur en assurant au moins ce service d'être présents, l'approvisionnement des produits mis en vente était assuré par la famille.

Ceci me conduisit à m'informer sur le Sheikh par qui ces hommes étaient initiés à la prière continuelle. J'appris que ce Sheikh avait vécu, jusqu'à sa mort, il y a quelques années, dans la montagne du Tazzeka, au Moyen Atlas. Il accueillait pendant deux années des jeunes qui désiraient se consacrer à la prière permanente. Leur famille assurait la nourriture et le vêtement, et le Sheikh leur apprenait à invoquer Allah à partir d'une courte phrase sur le rythme de la respiration. Cette invocation, choisie par le maître, correspondait à la personnalité spirituelle de chacun de ses disciples. Un jour où il me fut possible d'interrompre ce soufi, qui priait au fond de sa boutique, je lui demandai timidement quelle prière il répétait ainsi de façon continuelle. Sur le moment, il parut surpris par ma question :

– Je n'ai pas à te la transmettre, elle m'a été donnée à moi personnellement et elle n'est pas adaptée à ta propre vie de prière. De toute façon, ce n'est pas dans les paroles que nous découvrons Allah. De même que le mot lumière est incapable de faire sentir à un aveugle ce qu'est réellement la lumière, en dehors de la chaleur que la peau peut percevoir, car la variété des couleurs et des formes que la lumière nous fait découvrir est incompréhensible pour lui, de même les mots que nous utilisons ne peuvent pas nous donner une vraie connaissance d'Allah. Ils mettent seulement en évidence l'impossibilité où nous sommes de le connaître vraiment. C'est Lui, et Lui seul, qui se fait reconnaître dans le cœur de chaque croyant.

– Alors pourquoi sommes-nous invités à venir écouter chaque vendredi, au moment de la prière de Dohr, la khotba où un 'Alem nous explique le sens de tel ou tel verset du Coran ?

– Dans notre confrérie, nous pensons que la khotba a surtout pour but d'aider les croyants à se conduire en bons musulmans, mais elle n'a pas à nous faire connaître qui est Allah. Jadis les habitants d'un village avaient demandé à un soufi qui venait d'arriver chez eux, de leur prêcher la khotba à la mosquée. Après les paroles habituelles, ce soufi leur posa la question : « Savez-vous ce dont je vais parler ? » Et comme l'assemblée répondait : « Non. » Il se contenta de leur dire : « Puisque vous êtes aussi ignorants, ce n'est pas la peine que je vous parle ! » Et il descendit du minbar. Sur la demande des habitants du village, il revint le vendredi suivant, et à la question : « Savez-vous ce dont je vais vous parler », les croyants répondirent : « Oui. » Alors il leur dit : « Puisque vous le savez, il n'est pas nécessaire que je vous le dise. » Le vendredi suivant, les fidèles s'étaient donnés le mot et, à la question habituelle, une moitié de la mosquée répondit : « Oui » et l'autre moitié : « Non. » Le soufi conclut : « Que ceux qui le savent le dise à ceux qui ne le savent pas. » Et il partit.

Ce ne sont pas telles ou telles formules ou telles ou telles prières qui nous font découvrir qui est Allah. Il faut d'abord que notre cœur soit entièrement tourné vers Lui. Car la connaissance d'Allah commence par le cœur.

Tu connais sans doute l'histoire de ce soufi qui avait obtenu de pouvoir demander par l'intermédiaire d'un wali céleste quel était le sort qu'Allah lui destinait. Le wali lui apporta cette réponse : « Allah t'a destiné à la Géhenne. » En l'apprenant, ce soufi, rempli d'amour pour Allah, dit seulement : « Mais qui suis-je, Maître, pour que Tu T'intéresses à moi ? »

Cependant, puisque tu me parais de bonne volonté, je vais au moins te confier la première démarche qui te permettra d'entreprendre ce chemin de la prière permanente.

Il me transmit alors cette sentence qui n'est pas exactement une prière, mais indique de quelle manière il convient de vivre la prière dans la reconnaissance de ces faveurs divines qu'Allah accorde aux croyants :

Celui qui reçoit une faveur divine
Sans en être reconnaissant,
En sera exclu sans le ressentir.

Cette rencontre me fit découvrir tout un aspect nouveau de l'attitude d'Allah à notre égard. Je la comparais à ce que j'avais compris jadis de ma relation avec la nature. La miséricorde d'Allah envers chacun de nous ne se manifeste pas de façon spectaculaire, mais dans le secret de sa Toute-puissance. Il me revient de la découvrir dans ma propre vie à travers les événements. Ainsi, même si telle ou telle situation que je subis semble aller à l'encontre de ce que je désire, je sais, puisqu'Allah est le Maître de l'univers, qu'Il agit envers moi dans sa miséricorde et que je ne peux pas faire de meilleur choix que ce qu'Il a décidé pour moi. Il convenait donc que j'accepte chaque événement de ma vie comme faisant partie du chemin par lequel Allah me guidait et je devais L'en remercier dans la confiance.

À la fin de ma formation d'instituteur, je fus convoqué par le directeur. Il désirait me présenter mon premier poste de façon telle que je l'accepte, car personne ne désirait y être affecté. L'entretien fut simple :

– Bonjour, Monsieur le directeur.

– Bonjour, asseyez-vous, je vous en prie.

– Merci, Monsieur le directeur.

– Vous êtes un homme du sud, vous aimez vivre dans les grands espaces, loin des villes.

– J'ai été très heureux de ma vie ici.

– Mais il serait bon pour vous d'aller vivre dans une région proche de vos origines.

Alors le Directeur sortit du tiroir de son bureau une boîte où se trouvaient des dattes et m'en offrit :

– Elles viennent directement de là où vous êtes nommé, ce sont des « boufeggous », vous pourrez les savourer avec vos futurs élèves.

Le directeur ne savait pas que dans ma région natale, compte tenu de l'altitude, il ne pousse pas de palmiers, mais seulement des arbres à feuilles caduques, comme les peupliers ou les noyers. Par contre, dans la région où il désirait m'envoyer, les palmiers produisent cette espèce de dattes. C'est ainsi que j'appris ma nomination comme instituteur à l'école de Tata. Tata, dont le nom signifie caméléon, est un ensemble de plusieurs ksour situés de part et d'autre d'un khneg, qui traverse le djebel Baní au nord de la vallée du Draa. Tata est tellement loin que, dans le langage courant, l'expression « au-delà de Tata » est utilisée pour dire « au bout du monde ».

Une telle nomination avait de quoi effrayer un jeune enseignant, mais je me dis qu'il y avait là un chemin voulu par Allah en vue de ce que je cherchais, et la perspective de retrouver les grands espaces n'était pas pour me déplaire. Bien que je fusse éveillé, je crus entendre, comme dans un rêve, ma chèvre pousser un bêlement de joie et de satisfaction. Nous allions, elle et moi, repartir vers les grands espaces.

Mais avant d'aller rejoindre mon poste au pays du caméléon, je revins passer l'été dans ma famille.

3.

Bba Sidi

Les quelques semaines passées à la maison cet été-là furent très différentes de mes séjours antérieurs. J'arrivais auréolé de mon nouveau titre d'enseignant, et ceux que je rencontrais, bien qu'ils ne fussent pas mes élèves, ne m'appelaient plus le Fils de la chèvre mais le taleb, titre très respectable dont ma famille était honorée bien qu'il fît de moi un étranger. Maintenant j'appartenais au monde de ceux qui, grâce aux livres, ont accès à l'univers de la science. C'est ainsi que, en matière de religion, je pouvais, au nom du Coran, imposer aux autres ma façon de comprendre l'islam et de le vivre. J'en éprouvais une certaine fierté. Volontiers je répondais aux diverses questions que mes amis venaient me poser en prenant l'attitude du fqih de mon enfance et de certains professeurs : l'attitude condescendante de celui qui sait à l'égard de ceux qui ne savent pas. Cette attitude se trouvait renforcée par les marques de respect et de considération dont j'étais l'objet. À la maison, je me laissais volontiers servir par les autres, à l'exception de mon père dont je sentais bien qu'il était très réservé à l'égard de ce que je prétendais être et intervenait en exprimant clairement que, pour lui, je n'avais pas plus d'importance que les autres membres de la famille.

Un matin où j'avais laissé ma veste près de la salle d'eau, je demandai à l'un de mes jeunes frères :

– Peux-tu m'apporter la veste que j'ai laissée près de la porte ?

Mon père se rendit compte de ma démarche et avant même que mon frère ne se lève, je l'entendis lui demander :

– Viens m'aider, il faut soigner la chèvre noire qui est malade.

Ils sortirent tous les deux. Ma demande tombait dans le vide.

À la fin d'un après-midi, mon père me proposa de venir avec lui soigner cette chèvre noire. Tout en me parlant du troupeau, dont il ne restait que quelques bêtes fatiguées, les autres étant depuis longtemps parties plus haut dans l'Atlas, mon père évoqua cette chèvre qui m'avait nourri. Il ne m'en avait jamais parlé auparavant et je compris que cette évocation avait pour objet un autre sujet qui lui tenait à cœur.

– Maintenant tu n'es plus en formation, tu touches un salaire et tu vas partir loin de nous, tu ne peux pas rester seul. Lorsque tu seras à Tata, il te faudra quelqu'un pour tenir ta maison. Il y a longtemps que tu ne vis plus avec nous et tu ne connais pas vraiment les jeunes filles de la région. Le choix de l'épouse est une affaire importante, aussi j'ai moi-même cherché celle qui pourrait t'accompagner dans ta nouvelle vie. Je ne te dis pas encore celle à qui je pense, tu l'as peut-être aperçue sans la connaître, mais je voulais d'abord avoir ton accord.

Je ne pouvais que donner mon assentiment à cette demande. Cette décision concernant mon mariage ne me surprenait pas, elle faisait partie de nos traditions.

Cela ne m'empêchait pas de retrouver, certains soirs, cette femme au collier que je rencontrais jadis au temps de ma jeunesse. Elle était maintenant plus âgée et n'avait pas trouvé à se marier. En raison de ma nouvelle situation, non seulement elle me demandait une rétribution financière mais elle insistait pour que je l'épouse. Comme je refusais, elle me lança à la figure cette imprécation :

– Tu es un chien, comme tous les hommes. Tu ne cherches que ton propre plaisir sans porter attention aux autres. Le proverbe le dit bien : « Il n'y a pas de miel sous la peau du chien. »

Dans mes relations avec elle, je constatais qu'elle se servait de sa bouche pour absorber ce qui jaillissait de mon « père-masseur ». Cela me mettait mal à l'aise et suscitait en moi une inquiétude. Je me souvenais que le cuisinier rifain m'avait mis en garde contre ces femmes qui récupèrent notre remya pour nous jeter des sorts. Peut-être le faisait-elle dans ce but ? Aussi par crainte de ses maléfices, je cessais de la rencontrer.

Une grande partie de mes journées se passait à étudier le Coran. Certains versets faisant l'objet de nombreuses interprétations et de multiples commentaires. Il y avait en particulier le deuxième verset de la sourate « Le culte pur » (112) où Allah se qualifie Lui-même de « çamad », un terme qui fait l'objet de plusieurs interprétations : selon la tradition, les Arabes qualifiaient ainsi les personnes nobles, « çamad » signifiait chez eux « le maître dont l'autorité n'a pas de limite » ; pour certains commentateurs, ce terme signifie « incorporel », c'est-à-dire « qui ne boit ni ne mange », « qui supporte la faim et la soif » ou « qui n'a besoin de rien pour exister » ; pour d'autres, « compact », « homogène » ou « massif » ; pour d'autres, plus tardivement, « secourable » ou « éternel ». Je découvrais mon incapacité à en comprendre le sens précis et la nécessité d'avoir recours à la science d'autres personnes, comme le dit le proverbe : « Prends soin de toujours étudier en groupe. » Dans ce domaine, il n'y avait personne autour de moi à qui je puisse m'adresser. Les livres, que ce soit le Coran ou d'autres écrits, ne faisaient pas partie de leur univers. Pour eux, la vie se déroulait tout au long des saisons sans recourir à aucun texte. L'expérience acquise leur permettait d'agir et de faire face aux diverses situations, sans recourir à des documents écrits. Leur conduite ne s'appuyait pas sur le Coran mais sur des traditions orales plus anciennes dont certaines n'étaient pas conformes à l'islam.

Il fallait, dans ma démarche d'approfondissement de ma foi musulmane, que je puisse dialoguer avec quelqu'un qui ait étudié le Coran. Depuis mon professeur de littérature arabe au collège, je n'avais guère eu d'occasion d'échanger sur le sujet. J'appris par un voisin qu'un de ses parents qui avait exercé des fonctions de juge de paix dans une ville au centre du pays, venait passer quelques jours chez lui. J'avais déjà entendu parler de ce qadi, il était resté très simple dans sa manière de vivre et tous ceux qui le rencontraient l'appelaient familièrement Bba sidi. Afin que je puisse le rencontrer, ce voisin me proposa de venir chez lui. Je m'y rendis en fin d'après-midi, lorsque la chaleur est moins accablante et qu'un léger souffle apporte un peu de fraîcheur. Une banquette avait été installée dehors à l'ombre de la maison ; Bba sidi y était assis, appuyé sur des coussins.

– Essalâm 'alikoum.

– Ou 'alikoum essalâm.

Celui qui venait de m'accueillir méritait bien son surnom de Bba sidi, qui est souvent donné à un grand-père. Au terme d'une vie très active où il avait exercé de nombreuses responsabilités, il exprimait, sous une forme parfois très originale, beaucoup de bon sens et de sagesse. Son regard légèrement voilé par la cataracte était à la fois grave et doux. Ses gestes calmes et maîtrisés laissaient percevoir une forte personnalité. Sa tête était couverte d'une rezza enroulée sans aucune recherche. Il portait une simple fouqiya en coton d'où dépassait un serwal qendrissi traditionnel.

Une jeune femme apporta un plateau avec la berrad, les verres, le thé vert, les feuilles de menthe et des morceaux de pain de sucre. Elle me regarda plusieurs fois à la dérobée dans une attitude qui paraissait indiquer une certaine interrogation. Sur le moment son visage ne me dit rien, mais il me revint en mémoire que je l'avais jadis rencontrée dans le village.

Nous goûtions le calme de la fin de cette chaude journée, nous ne parlions pas afin d'entrer sereinement dans l'échange qui devait suivre. Bba sidi me posa plusieurs fois la question : « lâ bèss ? », à laquelle je répondis à chaque fois sur un ton calme et affirmatif : « lâ bèss. » Celui qui nous avait accueillis lui tendit un verre de thé avec le rituel : « Bismi'Llah », j'en reçus un moi-même en lui souhaitant : « À nos santés. » Nous bûmes lentement, par petites gorgées, en aspirant un peu d'air, en prenant plaisir à savourer cette boisson brûlante qui nous rafraîchissait. Lorsque nous eûmes achevé de boire le troisième verre, j'attendis que Bba sidi prenne la parole. Il ne convenait pas que j'engage moi-même notre échange. Je désirais lui poser quelques questions mais j'ignorais le sujet sur lequel lui-même allait m'entretenir.

Un grand silence nous entourait, apportant la paix d'Allah et nous faisant pressentir la présence des êtres invisibles. Bba sidi commença par demander à son parent de venir nous rejoindre. Celui-ci s'approcha et s'assit sur un tabouret, mais Bba sidi lui fit signe de le rejoindre sur la banquette où lui-même était assis, avec ce commentaire :

– Dans une conversation, chacun a une place identique, comme nous le rappelle ce dicton : « Le chaudron n'est en équilibre sur le feu que si les pierres du foyer sont de même hauteur. »

Puis, après un court silence :

– J'apprécie le thé que tu as préparé, mais comment peux-tu savoir quelle saveur aura ce thé dans la bouche de ceux qui le boivent ? Chacun l'apprécie selon ses propres critères. Il peut arriver que quelqu'un qui a l'habitude d'une saveur différente le trouve amer ou trop sucré. Comment savoir si ce thé a la saveur qui convient ? Sinon parce que beaucoup de personnes, au moins celles qui vivent près de nous, ont l'habitude de boire le thé tel qu'il leur a toujours été servi. Au Sahara, les Touaregs boivent un thé noir très fort et peu sucré qu'ils trouvent délicieux. Le goût de chacun résulte des manières habituelles de manger et de boire. Sans en être conscients, nous sommes déterminés et structurés par ceux qui nous entourent. Dans la mesure où nous vivons en permanence les uns à côté des autres, nous prenons leurs habitudes, celles-ci nous imprègnent et très vite nous agissons et nous pensons tous de la même manière. Il n'est pas facile de garder son propre jugement tellement nous subissons l'influence de ceux avec qui nous vivons. La vie en communauté n'est possible que si notre conduite se conforme aux coutumes locales, autrement nous sommes vite mis à l'écart ou même éliminés. Nous constatons que les goûts et les modes de vie varient selon les pays, mais qu'ils sont communs à tous dans un même pays. La première fois qu'un musulman boit du vin ou du whisky, cela lui brûle la gorge, et pourtant les Européens en boivent. Certains Marocains qui les fréquentent en viennent à boire, eux aussi, du vin et du whisky. En se conduisant ainsi, ils s'excluent eux-mêmes de notre communauté.

Celui qui nous avait réunis, nullement surpris par cette entrée en matière, en tira cette conclusion :

– Il est certain que notre manière de vivre et nos actes, bons ou mauvais, sont la conséquence des habitudes que nous prenons sous l'influence de ceux qui nous entourent.

Cette conversation me déroutait. Dans quel but Bba sidi avait-il mis en évidence l'influence que chacun de nous reçoit du milieu dans lequel nous naissons ? Je comprenais difficilement quel était l'enjeu de cette entrée en matière. Poussé par mes propres interrogations je me lançais dans le débat :

– Puisque c'est Allah qui nous fait naître dans telle ou telle famille et dans telle ou telle communauté, c'est donc bien Lui Qui nous dirige vers le bien ou vers le mal. Il détermine ainsi ce que sera notre destin après la mort. Comme Il le dit dans le Coran :

> *À tout homme, Nous lui avons attaché*
> *Son oiseau d'augure à son cou.*
> *Au jour de la Résurrection,*
> *Nous lui présenterons un livre*
> *Qu'il recevra ouvert.*
> [17, 13.]
>
> *Nulle atteinte n'atteint la terre ni vous-mêmes*
> *Sans être dans un livre*
> *Avant que nous la fassions exister.*
> *Car, pour Allah, cela est facile.*
> [57, 22.]

Tout ce que nous accomplissons est donc bien fixé dans un livre, avant même notre naissance. Le destin de chacun d'entre nous est déterminé par Allah, Il égare qui Il veut et Il guide qui Il veut (74, 31). Dans les Hadiths, Muhammad (S. B. sur lui) nous apprend qu'au terme de deux périodes de quarante jours après la conception,

Allah envoie un ange qui fixe pour chacun la date de sa mort, les actes qu'il accomplira, s'il sera heureux ou malheureux et s'il sera accueilli dans le Jardin des délices ou dans la Géhenne de feu[1].

Il était important pour moi de mettre en évidence et d'analyser l'autorité d'Allah sur chaque personne humaine.

Bba sidi écoutait attentivement mes paroles, cela paraissait correspondre à l'orientation qu'il désirait donner à notre rencontre :

– Ton point de vue est juste, le destin de chaque personne est bien inscrit dans un livre auprès d'Allah. Toutefois, tout en recevant ce qui nous est dit dans le Coran, il convient de se poser une question : quel intérêt aurait Allah, après avoir créé les hommes à qui Il a promis la vie sans fin dans le Jardin des délices, de vouloir la perte du plus grand nombre d'entre eux en les condamnant à la Géhenne de feu ? Quel ingénieur, après avoir inventé et réalisé une œuvre aussi belle que l'homme, voudrait en détruire un grand nombre et leur faire subir un terrible châtiment qui ne finira jamais ?

Il est vrai que nos actes, bons ou mauvais, sont inscrits à l'avance dans un livre et que nous les

1. *Les Traditions islamiques*, titre 82, chapitre I.

accomplissons en raison de l'influence qu'exercent sur nous ceux qui nous entourent. Mais qui en est vraiment responsable : celui qui les a commis ou celui qui l'a influencé et en quelque sorte déterminé à agir ainsi ? Nous savons bien que, lorsqu'un troupeau est conduit par un bouc, tout le troupeau devient mauvais. Mais dans ce cas Allah va-t-il condamner le troupeau tout entier ou seulement le bouc qui est à sa tête ? Il convient donc de nous en remettre à la justice et à la miséricorde d'Allah, comme il est dit dans le Coran :

> *Nous ne t'avons rien transmis d'autre*
> *Que : Miséricorde pour l'univers.*
> [21, 107.]

Allah nous a créés avec une connaissance et une volonté limitées. Aussi, si nous croyons en Lui, est-Il prêt à nous pardonner non seulement ce que nous avons fait de mal en raison de nos faiblesses mais aussi ce qui résulte de l'influence que d'autres ont eue sur nous.

Tout en écoutant les propos de Bba sidi, il me revenait en mémoire un dicton que j'avais entendu chez certaines personnes qui avaient commis une mauvaise action : « Si Allah n'a pas pitié et ne pardonne pas, son paradis sonnera le vide. » À en croire cette sagesse populaire, il n'y avait rien à craindre de la part d'Allah. Celui-ci

Se devait, pour que son projet aboutisse, de pardonner les fautes des hommes. Ainsi Allah était obligé, en raison même de son acte créateur et de son achèvement dans le Jardin des délices, de faire miséricorde et de pardonner.

J'eus le sentiment, alors que je ne disais rien, que Bba sidi entendait mes pensées. C'est semble-t-il pour cette raison qu'il engagea la discussion dans une nouvelle direction :

– Il convient, par ailleurs, de remarquer qu'Allah nous parle, dans le Coran, avec les mots qu'Il a enseignés aux hommes, des mots qui désignent ce qui appartient à notre monde visible. Dans le Coran Allah nous enseigne ce qui concerne la vie des hommes sur cette terre mais également qu'elle est sa volonté sur chacun de nous, maintenant et après notre mort. Les versets concernant la vie présente sont formulés par de mots que nous connaissons bien, ceux que nous utilisons dans la vie de chaque jour, mais ceux qui concernent la volonté d'Allah, tout en étant semblables à nos mots habituels, dépassent le sens que nous pouvons en comprendre car la pensée d'Allah ne se réduit pas aux limites de l'intelligence humaine. Aussi, les versets du Coran, bien que formulés dans la langue qu'Allah a enseignée aux hommes, ne nous permettent pas de connaître la science et la pensée d'Allah plus vastes que la mer. Comme cela nous est dit le Coran :

> *C'est Lui qui a fait descendre sur toi le Livre*
> *Il s'y trouve des versets précis*
> *Ils sont le Fondement du Livre*
> *D'autres sont des images.*
> *Ceux qui doutent dans leur cœur*
> *Observent ce qui est dit en image*
> *Dans le but de jeter le trouble*
> *Et dans celui d'en faire l'interprétation.*
> *Mais seul Allah en connaît l'interprétation.*
> [3, 7.]

Tout ce qui concerne l'œuvre d'Allah ne peut être décrit que par des images qui se réfèrent à ce monde-ci. Seul Allah en connaît le sens véritable. Les versets que tu as cités nous décrivent une certaine manière d'agir d'Allah, ils se réfèrent à la pratique des hommes, et pour cette raison ils ne nous permettent pas de connaître clairement qu'elle est la conduite d'Allah à notre égard.

Dans le Coran, Allah nous dit que nos actes sont déjà inscrits dans un livre. En quoi consiste exactement ce livre ? Avant de chercher à savoir ce qui y est écrit, il convient de se demander : que veut dire écrire, lorsqu'il s'agit d'Allah ? Car Il n'a pas besoin, comme les hommes, de conserver dans un livre ce que sa mémoire pourrait oublier, Il sait tout sur tout sans avoir recours à un document. Lorsqu'Allah nous parle d'un livre, c'est pour nous que ce livre existe, pour que nous puissions connaître sa pensée éternelle selon les limites de notre intelligence. Ces versets que le Coran qualifie d'images peuvent paraître ambigus ou encore obscurs. Ils ne le sont que pour les humains qui ne peuvent pas comprendre la pensée d'Allah, mais en eux-mêmes ces versets sont parfaitement clairs, comme l'est tout le Coran. Dans le verset que je viens de citer, il est dit aussi :

> *Ceux qui sont fermes dans la connaissance*
> *Disent : nous le croyons,*
> *Tout émane de notre Maître.*
> [3, 7.]

En écoutant Bba sidi je prenais conscience des limites et des insuffisances de ma manière d'étudier le Coran. Je le lisais en cherchant le sens humain des mots, alors qu'il me fallait entendre avec mon cœur cette Parole venant d'Allah. Une conclusion s'imposait à moi, j'en fis part à Bba sidi :

– Puisque nos mots humains sont incapables d'exprimer une juste connaissance d'Allah, ne sont-ils pas également inadaptés en ce qui concerne notre connaissance des personnes humaines que nous rencontrons ?

– Tu as raison, il n'est pas possible, à partir des actions des hommes, bonnes ou mauvaises, de connaître vraiment ce qui est dans le cœur de quelqu'un. Une action peut parfois apparaître mauvaise à nos yeux, mais être bonne et voulue par Allah selon un aspect que nous ne pouvons découvrir, mais qu'Allah connaît. C'est pourquoi, Allah nous connaît non à partir de nos actes et de ce qui apparaît, mais en tenant compte de ce qui est au fond du cœur de chacun et des diverses influences qui déterminent nos actes. Ce dont chacun de nous est responsable au regard d'Allah est souvent très différent de ce que nous constatons extérieurement. Cela nous est rappelé dans le Coran :

> *Je m'adresse à ceux qui croient :*
> *Qu'un groupe n'en tourne pas un autre en dérision,*
> *Il est possible que les autres soient meilleurs qu'eux.*
> *De même les femmes à l'égard d'autres femmes,*
> *Il est possible que d'autres soient meilleures qu'elles.*
> *Ne vous critiquez pas vous-mêmes.*
> [49, 11.]

Il nous est impossible de connaître les vraies motivations des actes accomplis par quelqu'un. C'est là tout l'enseignement qui est donné à Moussa, dans la sourate « La Caverne » (18), par un des serviteurs d'Allah (18, 65). Tandis que Moussa lui exprime son étonnement devant des actes qui paraissent répréhensibles, le serviteur lui fait comprendre que ces actes sont justes d'un point de vue qui n'est pas celui des hommes (18, 71-82).

La citation de cette sourate me remit en mémoire une question concernant le désir de Moussa d'atteindre le « confluent des deux mers » (18, 60). Je me lançais à poser une nouvelle question :

– Dans cette même sourate, quel est ce « confluent des deux mers » que Moussa cherche à atteindre ?

– Muhammad (S. B. sur lui), dans un Hadith, nous rapporte que lorsque Moussa prétendit être l'homme le plus instruit de la terre, Allah lui fit des reproches et lui révéla qu'il existait « au confluent des deux mers » un serviteur plus instruit que lui[1]. Le sens de cette expression nous en est donné par Allah Lui-même dans cette même sourate. La mer est le symbole de l'immensité :

1. Les *Traditions islamiques*, titre 3, chapitre XIX.

Dis : Si la mer était de l'encre
Pour les paroles de mon Maître,
La mer s'épuiserait avant que ne s'épuisent
Les paroles de mon Maître.
[18, 109.]

À ce serviteur rencontré par Moussa, Allah « a fait don d'une miséricorde d'auprès de Lui et a enseigné une science émanant de Lui » (18, 65). Ce sont là les deux mers, les deux réalités infinies : la miséricorde et la science divines. C'est là que Moussa doit se rendre afin de rencontrer le serviteur. Cette miséricorde et cette science dépasseront toujours ce que les hommes peuvent en connaître. C'est ce que nous enseigne Sidi Abd-erRahman al Mejdoub dans un de ces quatrains :

Je m'adresse à ceux qui étudient
La science de l'Unité divine :
Ici les mers sont incompréhensibles.
Le peuple des ascètes le sait,
Eux qui se tiennent près de mon Maître[1].

Ce que nous pouvons connaître d'Allah est comparable à l'eau qu'un homme boit à la source en la prenant dans le creux de sa main. Ce qu'il

1. Sidi Abd-erRahman al Mejdoub, *Recueil du Sheikh Mohamed Ibn Azzouz el-Haqim*, n° 43

boit n'est rien comparé à ce qui jaillit de la source. Mais cela ne doit pas nous conduire à interpréter de manière fautive la sagesse et la miséricorde infinies d'Allah. En dehors de ceux dont toute la vie est engagée dans une recherche d'Allah, recherche qui dépasse notre intelligence et qui est d'abord un acte d'amour, il y a tous les autres à qui Allah a donné la vie et en a déterminé le contenu. C'est donc dans le cadre de cette vie, telle qu'elle se réalise pour l'ensemble des hommes, que nous accomplissons ce qui est voulu par Allah. Il nous conduit dans tout ce que nous vivons, à commencer par ce qui nous paraît ordinaire et qui fait partie de notre vie quotidienne. Toutefois, n'oublions pas que le pouvoir et la volonté d'Allah sont infiniment au-dessus de tous nos actes, qu'ils soient bons ou mauvais, comme Il nous le dit :

> *Celui qui a déployé tous ses efforts*
> *Ne les déploie que pour lui-même,*
> *Car la richesse d'Allah dépasse l'univers.*
> [29, 6.]
>
> *Celui qui fait le bien, c'est pour lui-même.*
> *Celui qui fait le mal, c'est contre lui-même.*
> *Ton Maître n'est pas injuste*
> *Envers les hommes.*
> [41, 46.]

J'en ai pris très fortement conscience lors de la mort de mon père. Un jour, alors que nous le pensions être en bonne santé, il s'est rendu, sans être accompagné, chez le notaire pour confirmer son testament, puis au hammam pour les purifications rituelles, avant de se rendre à la mosquée de notre quartier pour la prière du Dhor. Rentré à la maison, il nous a invités à venir le rejoindre dans le salon. Lorsque nous fûmes réunis, il regarda chacun d'entre nous avec beaucoup d'amour et dans une grande paix, puis il nous dit simplement : « Je vais vous faire de la peine mais c'est maintenant le moment de laisser Allah reprendre ma vie. » Il me demanda alors de réciter la sourate « Ya-Sin » (36) en me disant : « Quand tu seras arrivé au verset vingt-cinq, “Moi, je crois en votre Maître”, alors Allah m'ôtera cette vie. » Il était assis et tenait levé l'index de sa main droite pour témoigner de sa foi en Allah, Qui est sans autre ilah que Lui.

Alors j'ai commencé, très ému, la récitation de la sourate « Ya-Sin » et lorsque je suis arrivé aux versets :

Moi, je crois en votre Maître,
Aussi écoutez-moi.
Il lui est dit : Entre dans le Jardin.

Il s'écrie : Ah, si mon peuple savait
Que mon Maître m'a pardonné
Et m'a mis avec ceux qui sont honorés.
[36, 25-27.]

Mon père est mort paisiblement.

Il avait vécu une vie toute simple, accomplissant ce qu'Allah nous ordonne dans le Coran, sans rien d'exceptionnel ni d'extraordinaire. Sa mort reçue dans une acceptation totale de la volonté d'Allah nous faisait découvrir toute la force et la profondeur de sa confiance envers Allah. En mon père, je découvrais ce qu'est la vie d'un vrai croyant et son attitude devant la mort donnait un sens concret à ces versets du Coran :

Allah veut pour vous ce qui est facile,
Il ne veut pas pour vous ce qui est difficile.
[2, 185.]

Nulle contrainte dans la religion.
[2, 256.]

Allah nous rappelle que la vie d'un musulman ne consiste pas dans des actes extraordinaires mais dans l'acceptation des conditions de vie qu'Allah a voulues pour chacun de nous dans le milieu où nous sommes nés. Pour chaque être humain, la volonté d'Allah se réalise naturellement et totalement dans le cadre de la vie quotidienne.

Bba sidi acheva ces remarques en l'accompagnant d'un geste qui signifiait qu'il n'avait maintenant plus rien à dire. Je me levai et le remerciai, avant d'échanger les salutations d'usage. Même si cet échange n'avait pas répondu à toutes mes questions, il m'engageait à trouver le droit chemin dans le cadre de ma vie de tous les jours. Cela entraînait, en particulier, à accepter le mariage que mon père avait décidé pour moi. Quelle que soit la femme que j'allais épouser, ce mariage faisait partie, comme ma nomination à Tata, de ce qu'Allah voulait pour moi.

En revenant à la maison, je me rappelais le conseil que des parents donnaient jadis à leur fille : « Épouse un taleb, en attendant de trouver un homme. » Ce conseil ne correspondait pas à ma situation actuelle. Comme instituteur rétribué par le gouvernement, même avec un salaire de débutant, ma position sociale dépassait largement celle des anciens tolba. Celle qui m'épouserait n'aurait pas besoin d'attendre de rencontrer un meilleur parti.

À mon retour, mon père m'interrogea sur ma rencontre avec Bba sidi et, de façon détachée, me demanda si j'avais rencontré d'autres personnes chez ce voisin. Je compris qu'il faisait allusion à cette jeune femme qui avait apporté le plateau pour préparer le thé, et la question de mon père me fit penser que cette jeune femme pouvait être celle qu'il me destinait comme épouse. Mais il convenait que je garde le silence, en laissant mon père m'en parler quand il l'aurait décidé.

Deux jours plus tard, il me proposa de l'accompagner, en prenant prétexte, comme la fois précédente, qu'il voulait mon avis sur l'état de la chèvre noire. Comme je n'avais aucune compétence en ce domaine, il s'agissait manifestement d'autre chose. Arrivé près de cette chèvre, mon père s'arrêta et se mit à parler, sans même me regarder, comme s'il s'adressait à lui-même :

– Ta formation t'a éloigné de nous et pourtant tu es né ici, c'est ici que sont tes racines. Il te faut maintenant transmettre cette vie que tu as reçue d'Allah. Jeune bouc, tu as brouté sur d'autres terres, mais pour que la vie que tu dois transmettre soit une vie solide, tu dois t'unir à une chèvre qui a, elle aussi, ses racines dans notre village. Tu l'as aperçue il y a deux jours, lors de ta rencontre avec Bba sidi. Elle est un peu plus jeune que toi, mais elle sait tenir une maison et elle pourra partir avec toi dans ton activité d'enseignant à Tata. Elle sera ta première élève car elle n'a suivi aucune autre formation que celle reçue en vivant à la maison. Ses parents et moi désirons que ce mariage soit conclu avant ton départ. Nous célébrerons la fête plus tard, lorsque tu pourras lui donner ce qui est prévu pour sa dot, lors d'un congé scolaire où tu seras de retour ici. Jusque-là elle restera dans sa famille. En attendant, il faut que tu trouves là-bas une maison pour l'accueillir. Depuis la Marche verte, Tata a pris de l'importance, des casernes et des maisons y ont été construites. Si tu n'as pas de logement de fonction, il te faudra en louer un. Par ailleurs j'ai demandé à Bba sidi d'établir votre acte de mariage, il n'est pas 'adel mais sait ce qu'il faut écrire, d'ailleurs il n'y a jamais eu d''adel dans notre région, ton acte de mariage sera le premier rédigé ici.

Mon père ayant, semble-t-il, terminé de me dire ce qu'il voulait me transmettre, je lui posais enfin la question que j'avais en tête depuis que nous étions sortis de la maison :

– Comment s'appelle-t-elle ?

– Comme elle est née à midi, un jour de printemps plein de soleil, ses parents l'ont appelée : Nour. Elle sera la lumière de ta maison.

Ce prénom me plaisait. Grâce à Nour, la lumière devenait une personne vivante. Il y avait cependant dans tout cela un fait qui me surprenait : Nour et d'autres personnes avaient été informées de ce projet de mariage, avant même que mon père m'en parle. Je pensais en particulier à la femme au collier qui m'avait demandé de l'épouser, était-elle aussi au courant de ce projet de mariage ? Quoi qu'il en soit, j'acceptai cette décision de mon père, un peu comme j'avais accepté ma nomination d'enseignant à Tata. Je me laissais conduire par les décisions que d'autres prenaient à ma place. Ma confiance en ce qu'Allah voulait pour moi me fit vivre les jours qui suivirent dans un état second. Cependant autour de moi tout se mettait en place, non pas pour la fête de mon mariage, qui serait célébrée plus tard, mais pour la signature du contrat.

Ce matin-là, Bba sidi arriva chez nous, accompagné de celui qui l'hébergeait et du père de Nour, mais sans sa fille. Celle-ci devait nous rejoindre lorsque l'acte serait signé. Durant tous ces préparatifs, j'assistais en spectateur à ce qui, en réalité, me concernait personnellement. Bba sidi, en raison de sa cataracte, écrivit le document avec de grosses lettres légèrement déformées. À un moment je crus entendre le « bêê » de ma chèvre, semblable à celui qu'elle avait poussé lorsque j'avais voulu m'approcher d'une vipère à cornes, mais cet appel de détresse disparut vite de ma pensée. Je n'étais, semblait-il, en présence d'aucun danger.

Avant l'arrivée de Nour, Bba sidi voulut me donner quelques conseils :

– Tu connais le proverbe : « Si tu accélères, tu perds du temps. » Pour lui donner sa dimension concrète, je te rappellerais l'aventure de cet homme qui, voyageant sur un âne, demanda à un homme rencontré au bord du sentier : « Combien de temps me faut-il pour me rendre à tel village ? » La réponse que lui fit cet homme était pleine de sagesse : « Si tu vas lentement tu y seras dans quatre heures, si tu vas trop vite tu n'y arriveras pas ce soir. » Le voyageur ne comprit pas le sens du conseil qui lui était donné, il décida d'aller vite en talonnant son âne pour en forcer l'allure. Mais, après une heure de ce traitement, l'âne s'écroula, à bout de forces, incapable d'aller plus loin. L'homme fut obligé de passer la nuit là où l'âne s'était effondré. Il voulut prier pour redonner de la vigueur à son âne, car il lui avait été dit que jadis, par la prière, un musulman était parvenu à rendre la vie à son âne, mais il n'y parvint pas.

En ce qui te concerne, il y a des actes que tu dois faire rapidement, comme celui de partir à ton poste d'enseignant, mais il y en a d'autres qui demandent d'aller lentement. Rappelle-toi le proverbe : « Le temps est comme un glaive, si tu le tranches pas, c'est lui qui te tranche. » Comme un bon maçon, construis ta maison pierre par pierre, en t'appuyant sur un terrain solide et que de bons murs protègent l'intimité de ta vie familiale.

À ce moment, Nour arriva accompagnée de sa mère. Je reconnus celle que j'avais aperçue quelques jours plus tôt chez le voisin. Elle était habillée simplement, portant la même robe qu'elle portait lorsqu'elle nous avait apporté le plateau pour le thé et elle n'avait aucun bijou. Son regard exprimait une certaine inquiétude et comme un appel à l'aide. Je lui pris la main et nous nous assîmes côte à côte sur une banquette qui était installée pour nous, à l'extérieur de la maison. Le regard baissé, nous restions tous les deux en silence. Je me sentais très loin de tout ce qui m'entourait. Les paroles, les gestes, les regards tournés vers nous semblaient concerner quelqu'un d'autre que moi. Il y eut quelques youyous et l'arrivée d'un joueur de bendir fut l'occasion pour les hommes de se rassembler en ligne pour une danse rythmée. Des verres de thé et quelques gâteaux furent apportés et distribués à tous ceux qui étaient autour de nous. Tout cela se déroula très vite, comme dans un film projeté en vitesse accélérée.

Vint le moment de nous retrouver seuls, Nour et moi, dans une pièce préparée pour nous. À la lumière d'une bougie j'admirais la beauté de sa peau, fine et lisse comme un tissu de soie, légèrement teintée et devenue brillante sous le reflet de la flamme. Je me retins de poser mes mains sur son cou et sur sa poitrine, simplement je pris ses mains dans les miennes. Compte tenu de mes expériences antérieures et surtout de ce que j'avais constaté dans d'autres mariages, ce moment était déterminant pour la suite de notre couple. Un proverbe ne dit-il pas : « Il est venu pour l'embrasser et il l'a aveuglée. » Quelques années plus tôt, lors d'un mariage où j'étais invité, l'époux, après avoir dansé avec ses amis, était entré dans la tente où l'attendait son épouse, pour en ressortir au bout de dix minutes, laissant sa femme seule avec le sentiment d'avoir été violée. Dans un autre mariage, l'épouse, une infirmière, était tellement inquiète et tendue que son époux n'avait pu la pénétrer de toute la nuit. Jusqu'à présent, mes rencontres féminines m'avaient laissé insatisfait en raison de la brièveté de la sensation qu'elles suscitaient. Il me fallait, suivant le conseil de

Bba sidi, ne pas me précipiter dans notre union. Comme nous l'enseigne le proverbe du Sous : « Petit à petit, le chameau entre dans la marmite. » Il ne fallait pas épuiser l'âne en allant trop vite ! D'autant que je percevais chez Nour une certaine frayeur dont j'ignorais la cause. Je ne la comprendrais que plus tard. Dans cette situation, malgré mon désir de m'unir à elle, je compris qu'il me fallait prendre sur moi, et ne pas commencer dès cette nuit-là notre vie dans le Jardin.

Il y avait aussi l'aspect religieux de notre rencontre. Depuis la nuit du Décret divin où il m'avait été donné d'entrevoir Celui Qui est au-delà de tout, je m'efforçais d'être fidèle aux cinq prières quotidiennes. Or, après une relation avec Nour, je ne serais plus en état de pureté rituelle, et je n'avais pas la possibilité de faire les grandes ablutions avant mon départ. Certes, il nous est dit dans le Coran :

> *Je m'adresse à ceux qui croient :*
> *Ne venez pas à la prière si vous êtes ivres*
> *Tant que vous ne savez pas ce que vous dîtes,*
> *Ni si vous êtes impurs,*
> *Sauf si vous êtes en voyage,*
> *Tant que vous n'êtes pas lavés.*
> [4, 43.]

Je pouvais donc penser que la prière serait licite car j'étais en voyage, mais il me semblait préférable de rester en état de pureté. Avec un couteau je fis couler un peu de sang d'un de mes doigts sur le drap, de cette façon les apparences étaient sauves. Nour comprit le sens de ce geste et parut soulagée.

Nous restions silencieux, elle et moi. Une vraie rencontre se réalise souvent sans paroles. Mais à ce moment je ne retrouvais pas ce que j'avais vécu avec ma chèvre : Nour ne me transmit pas cette force de vie que me donnait la présence de ma chèvre. Tout au contraire, je ressentais en Nour une grande lassitude, un vide profond et sombre. Cette nuit-là, j'entendis plusieurs fois un « bêê » attirant mon attention sur un danger qui me menaçait, il devait y avoir une vipère à proximité.

Le lendemain, très tôt, je partis pour Tata.

4.

Au pays du caméléon

Le soir de mon arrivée à Tata, la nature avait mis ses vêtements de fête. Le soleil couchant habillait d'une lumière dorée la terre, les plantes et les humains. Les ombres en devenaient violettes. La limpidité de l'air, qui n'existe que dans le désert, donnait un aspect irréel à l'ensemble du paysage. Cet éclairage faisait ressortir la laideur des immeubles récents en béton et sublimait la beauté des constructions anciennes avec leurs murs en pierre et en pisé. Je me remplissais les poumons de cet air léger, plein d'odeurs de plantes et de terre sèche. Soudain j'entendis le bêlement affectueux d'une chèvre, elle me souhaitait la bienvenue dans ce beau pays, semblable à ceux que décrivent les contes. Juste à ce moment éclata l'appel à la prière du Maghreb, je m'y joignis intérieurement en récitant la Fatiha, plein de reconnaissance envers Allah. Cet appel à la prière venait donner toute sa dimension spirituelle à ce qui m'entourait et me confortait dans la certitude de la présence et du pouvoir d'Allah sur toute la création, et en particulier sur ma propre vie.

Deux instituteurs, déjà en poste à Tata depuis quelques années, m'accueillirent à la descente du car. Nous dînâmes chez l'un d'eux et j'y passais la nuit. J'appris que je pouvais disposer d'un logement de fonction mais qu'il était entièrement vide. Toutefois je pouvais facilement me procurer ce qu'il fallait pour manger et dormir. Avec le peu d'argent dont je disposais, je fis, dès le lendemain, les achats minimums et m'installais de façon très simple. Le reste viendrait plus tard.

En fin d'après-midi, je rendis visite à celui qui dirigeait l'ensemble des écoles de Tata. Comme c'était mon premier poste, il me proposa d'enseigner avec lui dans l'école de Tintazart, le ksar le plus important où, compte tenu du grand nombre d'élèves, ceux-ci étaient répartis en deux classes. Pour le premier trimestre, afin de me permettre de faire connaissance avec mes élèves et de me familiariser avec mon travail, il me confiait la responsabilité des devoirs et des leçons que les élèves devaient faire sur place à l'école, car pour la plupart d'entre eux il leur était impossible de faire ce travail chez eux.

Ce directeur m'invita à dîner et après le repas prit le temps de me faire découvrir quelques aspects de l'histoire de Tata :

– Jusqu'au milieu du XIXe siècle, Tata fut un centre très important du commerce par caravanes entre Tombouctou et le Maroc, en lien avec Tindouf plus à l'est. La région était sous la domination de la tribu des Ida Ou Blal qui, selon les circonstances, soit escortaient ces caravanes moyennant une contribution financière, soit les attaquaient, lorsque celles-ci ne voulaient pas payer et qu'ils pouvaient les vaincre, s'appropriant les marchandises, les chameaux et les hommes. Les Ida Ou Blal refusaient toute espèce d'allégeance à l'égard du Sultan du Maroc et n'hésitaient pas à s'emparer de caravanes transportant l'argent des impôts que les armées du Sultan parvenaient à lever dans des régions voisines. Malheureusement, une guerre entre les deux grandes fractions de cette tribu a terriblement affaibli la puissance des Ida Ou Blal, c'est ainsi que le commerce par caravanes a perdu de son importance. Charles de Foucauld a pu le constater, il y a un siècle, lorsqu'il parcourut la région, guidé par le rabbin Mardochée Abi Serour dont la famille habitait le mellah de Tintazart.

À la fin du protectorat, ma famille habitait dans un des ksour d'Adis et je venais à Tintazart suivre les cours de Monsieur Casanova. C'était alors la seule école dans toute la région. Monsieur Casanova était un instituteur corse, il avait pris position contre la politique des autorités françaises et, plutôt que d'être expulsé du Maroc, il avait obtenu de rester dans le pays à condition d'aller enseigner dans la région la plus éloignée où il ne ferait plus parler de lui. C'est ainsi qu'il est venu à Tata. Nous étions nombreux à suivre ses cours. Parmi les parents des jeunes qui viennent aujourd'hui dans nos écoles, beaucoup sont d'anciens élèves de Monsieur Casanova. C'est lui qui a fait connaître aux géographes la crue du Draa qui survient tous les sept ans. Après lui, un médecin français, Pierre Parodi, est venu vivre ici, avec sa femme et ses enfants. Le docteur Parodi est resté plusieurs années en vivant exactement comme nous, dormant sur une natte par terre. Il avait accueilli dans sa maison la famille de son infirmier et ils vivaient ensemble comme une seule famille. Nous sommes nombreux à avoir été soignés par lui et il a été un vivant témoin de l'action non violente enseignée par Gandhi.

Parmi ceux qui sont venus vivre ici, certains se sont bien adaptés, d'autres n'ont pas voulu rester. J'espère que tu apprécieras notre vie. Les palmiers et les cultures irriguées nous procurent tout ce qu'il nous faut pour vivre. Toutefois la sécheresse, qui s'aggrave d'année en année, a provoqué une forte baisse de l'activité agricole et le départ d'hommes qui n'avaient plus de travail sur place. S'il n'y avait pas eu la Marche verte en 1975, Tata aurait continué de se vider de ses habitants. L'arrivée de militaires et de fonctionnaires du Makhzen a entraîné la construction de nombreux logements, qui ne correspondent pas toujours aux conditions climatiques de la région, mais qui ont développé les métiers du bâtiment. Ces activités avaient déjà pris de l'importance du fait de la construction de nouvelles maisons financées par les hommes partis travailler plus au nord au Maroc ou en Europe.

Aujourd'hui nous ne sommes pas, comme autrefois, reliés au reste du Maroc par des pistes difficiles. Tu as pu constater, en venant par le car, que nous avons de très bonnes routes. Le logement qui t'est attribué est une maison assez ancienne, mieux adaptée à la chaleur de l'été et au froid de l'hiver que les maisons construites récemment. J'espère que tu pourras assez vite t'y trouver chez toi et faire venir ton épouse.

Soudain, cette parole du directeur suscita en moi une angoisse que je ne comprenais pas. J'eus le sentiment que ma chèvre pleurait. Un malheur était derrière ces paroles, mais lequel ? Pour tenter de conjurer cette impression douloureuse, j'entrepris d'engager la conversation sur un autre sujet. Comme le directeur venait de me parler du passage dans la région de Charles de Foucauld guidé par le rabbin Mardochée, voyage dont j'avais déjà entendu parler durant les cours de géographie, je voulus l'interroger sur la présence des juifs dans la région. Par ailleurs, ce que mon père m'avait dit sur les juifs me faisait désirer les rencontrer. Puisque l'occasion m'en était donnée, je lui posais la question :

– Y a-t-il encore à Tata des juifs, comme il y en avait, il y a un siècle, lorsque Charles de Foucauld a parcouru la région ? Allah nous dit qu'Il leur a donné, par l'intermédiaire de Moussa, le Livre, qu'ils appellent la Torah. Il est question d'eux dans de nombreux passages du Coran et j'aimerais rencontrer l'un ou l'autre d'entre eux pour qu'ils me fassent connaître leur Livre. Car Allah nous dit dans le Coran :

Quant à Nous,
Nous avons fait descendre la Torah.
Il y a en elle un guide et une lumière.
Les prophètes qui la conservaient intacte
Jugeaient par elle les adeptes du judaïsme

Ainsi que les rabbins et les pontifes,
À partir de ce qui leur avait été confié
Du Livre d'Allah
Dont ils étaient témoins.
[5, 44.]

Le directeur eut un geste de surprise :

– En quoi cela peut-il t'aider dans ta vie de musulman ? Le Coran qu'Allah nous a donné ne comporte aucune erreur et ses versets sont clairs. Pourquoi chercher à connaître des textes dont Allah nous dit qu'ils ont été déformés. En voulant être proche des juifs, tu ne seras plus dans le droit chemin qu'Allah veut pour toi. Rappelle-toi ce qu'Il nous dit à propos des juifs et des chrétiens :

Je m'adresse à ceux qui croient :
Si vous vous soumettez à une faction
De ceux qui ont reçu le Livre,
Ils vous éloigneront de votre foi,
En mécréants.
[3, 100.]

Je m'adresse à ceux qui croient :
Ne soyez pas proches des juifs ou des chrétiens,
Ils sont proches les uns des autres,
Celui, parmi vous, qui est proche d'eux, est des leurs
Car Allah ne guide pas le peuple des injustes.
[5, 51.]

De plus, Allah nous a avertis que, non seulement ils n'ont pas compris le vrai sens de cette Torah, mais encore qu'ils en ont sciemment déformé le contenu lorsqu'Il nous dit :

Comment pouvez-vous souhaiter
Que, pour vous, ils soient croyants,
Alors qu'une partie d'entre eux
Ont entendu la Parole d'Allah
Puis l'ont déformée,
Sans l'avoir comprise,
Et ils le savent bien.
[2, 75.]

Les textes qu'ils ont en leur possession sont de fausses copies de la vraie Torah, ils les écrivent sur des rouleaux dont ils sont très fiers et qu'il leur arrive de vendre en laissant croire à leur authenticité. Ce fut le cas au moment où les familles juives de Tata ont quitté la région. Ils ont fait ce qu'Allah a dit dans le Coran :

Malheur à ceux
Qui écrivent le Livre de leurs propres mains
Puis disent : « Ceci vient d'Allah »
Pour en proposer l'achat à un faible prix.
[2, 79.]

Avant de quitter Tata, des juifs ont voulu vendre des rouleaux qu'ils prétendaient remonter à l'époque de Moussa mais qui n'étaient même pas des textes de la Torah. Je ne vois pas l'intérêt qu'il peut y avoir pour toi, un musulman, de vouloir connaître le contenu de leur Torah dont Allah nous dit qu'ils n'ont pas su la conserver fidèlement.

Si toutefois tu persistes dans ton désir, il faut que tu saches qu'il y a toujours quelques juifs qui vivent ici. Ils n'habitent plus dans le mellah au pied du ksar, mais à l'extrémité de la palmeraie. Tu auras du mal à les rencontrer car ils vivent entre eux, sans relations habituelles avec les musulmans. Lorsque fut organisé le retour des juifs en Palestine, il y a une vingtaine d'années, ils sont restés ici car il y avait dans leur famille des personnes âgées qui ont refusé de partir. Aujourd'hui, ces personnes sont mortes, mais leurs descendants sont restés car les services d'immigration israéliens ont mis fin à leurs activités de rapatriement. Si tu veux les rencontrer, il te faudra la prudence du caméléon.

– En quoi consiste cette prudence ?

– Un jour un lézard qui courait vite, droit devant lui, comme courent tous les lézards, rencontra un caméléon. Celui-ci marchait lentement, avançant une patte, la ramenant en arrière, pour se décider ensuite à la poser prudemment sur le sol. Le lézard, moqueur, lui demanda pourquoi il marchait ainsi. Le caméléon lui répondit : « Je vérifie si le sol est solide pour ne pas m'enliser, car j'ai peur qu'il s'écroule sous mes pas. » « Tu es un insensé, répliqua le lézard, le sol sur lequel marchent les hommes ne s'effondre pas, il est donc assez solide pour toi. » Et le lézard reprit sa course folle, sans faire attention, et il tomba dans un trou qui se trouvait là. En arrivant près de son orifice, le caméléon vit le lézard au fond du trou et lui dit : « Si le sol ne s'enfonce pas sous les hommes, il arrive cependant qu'ils y creusent des trous où un animal, aussi léger que toi et moi, peut tomber s'il ne vérifie pas d'abord si le sol est solide. »

Avant de rencontrer un juif habitant ici, il te faudra avancer de cette manière. Les juifs, dans la mesure où ils vivent entre eux, se demandent toujours pour quels motifs, bons ou mauvais, un musulman désire les rencontrer. N'y cours pas trop vite, avance pas à pas, efforce-toi plutôt de susciter leur attention. Reste vigilant. Je te souhaite bonne chance !

Le lendemain, avec la rentrée des classes, commençait ma première journée d'instituteur. Je la passai avec le directeur, les élèves des deux classes étaient rassemblés dans la même salle, un peu entassés. L'ambiance était celle que je connaissais bien, mais cette fois je me trouvais du côté de ceux qui transmettent la connaissance. Il y avait devant moi, d'une part ceux qui avaient déjà suivi la scolarité les années précédentes, les plus nombreux, et d'autre part une dizaine de nouveaux un peu désorientés et très silencieux. Cette première journée fut tout entière occupée à répartir les élèves en deux sections et à définir le domaine des responsabilités du directeur et de moi-même. J'assumais tout heureux ces nouvelles fonctions et m'y trouvais très vite à l'aise. L'ardeur avec laquelle ces jeunes se passionnaient pour ce monde des connaissances que nous découvrions ensemble et à partir desquelles nous apprenions à réfléchir, n'était pas sans me rappeler mes premières années à l'école du village puis au collège. Certains parmi eux ne deviendraient jamais des intellectuels, mais il était important qu'ils découvrent la joie d'apprendre et de réfléchir, en commençant par une meilleure compréhension de leurs traditions familiales et religieuses.

Après une première semaine où j'accomplissais les charges qui m'étaient demandées, je voulus, lors d'un moment de détente, susciter leur réflexion et provoquer leur bon sens. Alors que j'étais entouré par les élèves les plus âgés, je leur posais cette question :

– Connaissez-vous le dicton : « Toi, l'homme nu ! De quoi as-tu besoin ? – D'une bague, ya Moulay. » Savez-vous ce qu'il signifie ?

Alors je leur racontais en détail l'histoire d'un homme nu arrivant dans un village où personne ne le connaissait. Lorsque quelqu'un lui posait la question : « De quoi as-tu besoin ? », il répondait avec beaucoup de politesse : « D'une bague, Monsieur », ou encore : « D'une bague, Madame. » Le chef du village, alerté par le brouhaha, vint voir ce qui se passait, il posa à l'homme nu la même question, et entendit celui-ci lui répondre : « D'une bague, ya Moulay. » C'est cette réponse qui a été gardée dans le dicton.

Je donnais alors la parole aux élèves. Certains furent d'accord pour dire que cet homme nu n'était pas intelligent car il demandait une chose superflue alors qu'il lui manquait un vêtement, qui est plus nécessaire qu'une bague. D'autres furent d'avis que dans la vie, lorsque quelqu'un est démuni de tout, un objet très beau peut permettre d'accepter des épreuves, ce type de réponse me parut correspondre à la situation personnelle de tel ou tel de ces élèves : avoir une bague aide à supporter sa misère. Un élève, qui était resté jusque-là silencieux et un peu à l'écart, me surprit à la fois par son bon sens et par la violence de son intervention :

– Voyons ! Le sens de ce dicton est clair : à celui qui est nu il est inutile de demander ce dont il a besoin. C'est un vêtement qu'il convenait de donner à cet homme nu, sans lui poser une question vide de sens. Si je m'étais trouvé là, en le voyant, je ne l'aurais pas interrogé mais j'aurais enlevé mon khnif pour l'en habiller. La question des gens du village et de leur chef montre qu'ils ne savent pas regarder la situation telle qu'elle est. L'homme nu a eu raison : puisque leur question était insensée, il leur a répondu de façon insensée. Contrairement à ce que vous dites, cet homme ne désire pas un objet qui est superflu, et ne cherche pas non plus à compenser son malheur par un bijou. Ce sont les habitants du village et leur chef qui ne savent pas juger sainement d'une situation.

L'intervention de cet élève me surprit. Il avait bien perçu, contrairement à ses camarades, le sens de ce dicton. Mais sa réponse allait au-delà d'une simple explication, elle manifestait une sensibilité et un jugement au-dessus de son âge. Il devait avoir treize ou quatorze ans, et son visage ressemblait trait pour trait à celui de ses camarades. Il portait une fouqiya usée et tachée. Son attitude, nullement provocante, exprimait une certaine fierté et une force intérieure qui devait le mettre fréquemment en situation de conflit avec les autres.

Lorsque j'avais, auparavant, interrogé des adultes sur le sens de ce dicton, j'avais constaté que la plupart d'entre eux l'utilisaient pour qualifier une demande insensée, et n'en connaissaient pas la véritable signification. La réponse donnée par cet élève me fit penser à Youssouf, le fils de Ya'qoub, à qui Allah avait fait don d'interpréter les songes et les événements. Après avoir raconté à son père un rêve qu'il vient de faire, celui-ci lui dit :

> *Ainsi ton Maître te choisit,*
> *Il t'enseigne l'interprétation des récits*
> *Il te comble de sa faveur,*
> *Toi et la famille de Ya'qoub,*
> *Comme il en a comblé auparavant*
> *Tes pères Ibrahim et Is.hac.*
> *Car ton Maître est savant et sage.*
> [12, 6.]

Je lui demandais son nom. Il me répondit : « Je m'appelle Youssef. » Ce Youssef, comme le grand Youssouf, portait bien son nom. Mais du fait de sa capacité d'analyser et de réagir, il ne devait pas être facile pour lui de trouver sa place dans la société. En outre, même si le dicton ne concernait pas les habitants de Tata, il y avait dans ses propos une accusation à peine voilée à l'encontre des gens du village et de leur chef. En outre, Youssef avait parlé d'un vêtement appelé khnif, vêtement tissé et porté seulement par les juifs, il devait sûrement appartenir à une famille juive.

Afin de ne pas lui donner trop d'importance vis-à-vis de ses camarades, je le remerciai sans faire aucun commentaire. Il ne fallait pas, en portant trop d'attention sur lui, susciter une quelconque jalousie chez ses camarades. D'autant que leur attitude, après l'explication qui venait de leur être donnée par Youssef, manifestait à son égard un certain dépit qui disait clairement : « De quel droit nous fait-il la leçon ? »

Un soir, après la prière du Maghreb, je suis allé vers l'extrémité de la palmeraie là où, selon ce que m'avait dit le directeur, habitaient les deux familles juives mais je n'y rencontrais personne. Je me résolus à consulter la liste des élèves de la grande classe. J'y découvris des noms de familles correspondant soit à des Ida Ou Blal, soit à des Chleuh, soit à des Harratines, mais aucun nom typiquement juif. Parmi tous les élèves de cette liste, un seul portait le prénom Youssef, avec un nom de famille d'origine locale. Il s'agissait donc d'une famille déjà installée dans la région et convertie jadis au judaïsme par des rabbins, avant la venue des musulmans. Mettant en application la prudence du caméléon, je décidai d'attendre et d'observer.

Bien que j'eusse des possibilités de rencontrer une femme, je n'en avais plus le désir. Était-ce parce que j'étais maintenant un homme marié, ou bien parce que mes nouvelles activités m'accaparaient totalement, ou bien encore parce que cette nuit, si étrange, passée avec Nour m'avait transformé ? Je compris qu'il y avait une autre cause lorsque je reçus de ma famille, écrite par un des fils de la maison, une lettre qui m'informait de la maladie de Nour. Depuis notre mariage elle était restée dans sa famille, mais elle ne pouvait plus rien absorber, ni aliments solides, ni boissons. Sa santé s'aggravait de jour en jour. Dans cette lettre, mon père me demandait de revenir au village dès que possible.

Compte tenu de la longueur du trajet et de son coût, il m'était impossible de faire ce voyage pendant la période des classes, il me fallait attendre des vacances d'une durée d'au moins huit jours, ce qui le repoussait à la fin du premier trimestre de l'année scolaire. Je pressentais que cette maladie n'était pas naturelle et qu'elle résultait d'un maléfice. Il devait y avoir une relation entre la maladie de Nour et l'absence de désir que je constatais dans mes relations avec les femmes. Mais comment le savoir ? Il n'y avait personne à Tata à qui demander conseil.

Lors d'un dîner avec une des familles de Tintazart, la conversation s'engagea sur un voyant qui vivait dans un ksar isolé, à quelques kilomètres de Tata. Il avait ce don d'entrer en transe, ce qui lui permettait de voir les réalités cachées. Je pris note de tout ce qui permettait de le rencontrer. Il fallait, en particulier, aller le voir au lever du jour, le seul moment de la journée où il acceptait de recevoir quelqu'un. Dès que cela fut possible, un matin de congé scolaire, un instituteur qui possédait une moto m'emmena chez ce voyant. Nous sommes partis bien avant la prière du Sobh ; cependant lorsque nous sommes arrivés, le voyant était déjà parti irriguer sa terre. Nous le trouvâmes en plein travail, les pieds nus dans la terre humide, la jellaba relevée à hauteur des genoux par une corde nouée à la ceinture. Il ne manifesta aucune surprise en nous voyant venir vers lui. Son front, sur lequel retombaient des cheveux bouclés, occupait plus de la moitié de son visage. Son corps exprimait à la fois la puissance du laboureur et la finesse de l'intellectuel. Laissant son travail d'irrigation, il accepta de me recevoir et nous revîmes chez lui. Une fois rentré à la maison, il s'assit simplement à terre, prit quelques pièces de monnaie dans sa main droite qu'il agita pour les faire sonner. Il entra en transe presque aussitôt. Les yeux fermés, il regardait ce que je ne pouvais pas voir. Ce qu'il me dit alors me terrifia :

– Tu as conclu, il y a deux mois, un mariage avec une jeune fille que ton père a choisie pour toi. Ton épouse est une lumière. Mais, avant ce mariage, tu as eu pendant plusieurs années des relations avec une femme de ton village, elle porte un collier riche et orné, différent de ceux que portent habituellement les femmes de ta région. Elle voulait t'épouser afin de quitter le village où les gens la méprisent en raison de sa conduite, mais tu as refusé. Elle n'accepte pas ton mariage et veut se venger de toi et de ton épouse. Elle a, non seulement, agi sur ta force virile, mais elle a aussi décidé la mort de ton épouse. Sans le savoir, le qadi qui t'a conseillé de ne pas aller trop vite dans ta relation conjugale ainsi que ta décision de garder la pureté rituelle t'ont protégé. Si tu avais eu une relation avec ton épouse la nuit de ton mariage, tu aurais perdu toute ta force virile et tu serais devenu définitivement impuissant. En ce qui concerne ton épouse, elle ne pourra pas échapper à la mort. Les sortilèges qu'a mis en œuvre la femme au collier sont terribles, elle a conclu un pacte avec les démons. Pour parvenir à tuer ton épouse, elle s'est détruite elle-même. En ce qui te concerne, mets toute ta confiance en Allah. Tu ne dois pas avoir de relation avec une femme pendant les six mois qui viennent. Après ces six mois, tu retrouveras toute ta vitalité. Mais pour ton épouse, je ne peux rien te conseiller, il est déjà trop tard, elle va mourir dans quelques jours. Quant à celle qui vous a jeté des sorts, elle mourra, elle aussi. Mais, dans sa miséricorde, Allah t'aidera et te guidera.

J'entendis toutes ses paroles comme dans un état second. Il me fallait du temps pour réfléchir. Je donnais au voyant la somme qui m'avait été indiquée. Puis, laissant mon chauffeur revenir seul sur sa moto, je décidais de rentrer à pied à Tata, pour avoir le temps de méditer sur ce que je devais faire maintenant que je savais. Deux versets du Coran m'aidèrent à accepter cette annonce du malheur qui devait fondre sur Nour. D'une part, ce verset sur la sorcellerie enseignée aux humains par les démons :

Mais les démons sont des mécréants
Ils enseignent aux humains la sorcellerie
Ce qui est descendu sur les deux anges
Harout et Marout, à Babel.
Eux deux n'enseignent pas quelqu'un
Jusqu'à dire nous sommes une tentation,
Ne sois pas mécréant.
Par eux deux les humains apprennent
Ce qui désunit l'homme et son épouse.
Cependant ils ne nuisent à personne
Sans la permission d'Allah.
[2, 102.]

Et d'autre part, l'appel au secours vers Allah, dans la détresse :

Comptez-vous entrer au Jardin
Sans que vous soit arrivé la même chose
Qu'à ceux qui sont passés avant vous.
Le malheur et l'adversité les ont touchés.
Au point que le messager
Et ceux qui croient avec lui disent :
À quand le secours d'Allah ?
Le secours d'Allah est-il proche ?
[2, 214.]

Selon la volonté d'Allah, tout cela était déjà inscrit dans le livre me concernant. Je devais donc continuer à suivre le chemin qui m'était fixé par Allah dans sa miséricorde, en acceptant ce qui m'était donné de douleur et d'espoir. J'étais atterré par la violence meurtrière de la femme au collier. Pour me séparer de Nour et la tuer, elle avait porté atteinte à sa propre vie. Aussi, pour me protéger de ses sortilèges, je récitais onze fois, comme le fit jadis Muhammad (S. B. sur lui), la sourate « L'aurore » :

> *Dis : je cherche refuge près du Maître de l'aurore*
> *Contre le mal de ce qu'Il a créé,*
> *Contre le mal de l'obscurité lorsqu'elle s'étend,*
> *Contre le mal de celles qui soufflent sur les nœuds,*
> *Contre le mal du jaloux lorsqu'il jalouse.*
> [113, 1-5.]

Cela me fit retrouver la paix intérieure. Quoiqu'il arrive, quels que soient les événements, je me savais entre les mains d'Allah, et cela me donnait la certitude que rien ne pouvait faire obstacle à la volonté et à la miséricorde d'Allah à mon égard.

Quelques jours plus tard, une autre lettre de ma famille m'annonça la mort de Nour. Mon père ne faisait aucune allusion aux conditions de cette mort. Dans la mesure où il avait, lui aussi, pris conscience du sortilège qui avait frappé Nour, il était dangereux d'en parler. Dans le souvenir de cette unique nuit qui nous avait rapprochés, je récitais pour Nour la sourate « Ya-Sin » (36). Puis, pour ne pas laisser mon esprit se perdre dans des réflexions sans fin, je me concentrais sur mon travail d'enseignant, d'une façon presque mécanique. Cela me permit de tenir jusqu'à la fin de ce premier trimestre scolaire.

Je pus enfin revenir à la maison. Mon père me montra l'endroit où Nour avait été enterrée, mais je ne m'y rendis pas. En acceptant de l'épouser, j'avais attiré sur elle le malheur. Pourtant ce mariage n'avait pas été voulu par moi mais par mon père et j'avais dû m'y soumettre. Qui était responsable de cette mort ? Celle qui avait provoqué cette mort : la femme au collier que je fréquentais dans mon adolescence, mon père qui avait choisi Nour pour qu'elle soit mon épouse, ou encore moi qui n'avais pas su la protéger et la défendre ? Cette réflexion me remettait en mémoire l'acte de ce jeune voisin qui, en échangeant les œufs dans le nid d'une cigogne, avait provoqué sa mort sans le vouloir. Ceci mettait en évidence qu'il me fallait accepter la volonté et la miséricorde d'Allah dans des événements qui dépassaient mon discernement.

Je rendis visite aux parents de Nour. Notre rencontre se limita aux phrases habituelles que nous échangeons dans de telles circonstances. Je ne pouvais pas leur dire ce que je savais des causes de sa mort. Je me devais également de garder le silence sur ce que nous avions vécu Nour et moi lors de notre première et dernière nuit ensemble. Pour ses parents, elle avait été vraiment mon épouse.

Puisque j'en avais la possibilité, je passais de longs moments seul dans la nature, loin du village. Dans ces temps de solitude, je me retrouvais avec le souvenir de ma chèvre. Au-delà du monde visible, j'étais désormais lié à trois êtres : ma mère qui m'avait donné la vie sans que je la connaisse, ma chèvre qui m'avait communiqué sa force de vie et mon épouse dont la rencontre avait été marquée par une attention telle que j'avais pu dépasser mon désir.

J'appris par des voisins que la femme au collier était morte elle aussi, quelques jours avant mon retour au village. Sa mort avait eu lieu dans des conditions étranges, elle avait été dévorée intérieurement pas le feu. Le feu de la Géhenne, disaient les gens. Comme elle avait pratiqué également ses sortilèges sur d'autres personnes, chacun était soulagé qu'elle ne soit plus parmi les vivants, tout en craignant le mal qu'elle pouvait encore leur faire subir maintenant qu'elle était parmi les démons.

Avec la rentrée, je repris le rythme du travail scolaire. Cela me permit de retrouver une certaine paix intérieure. Je récitais fidèlement les prières et je sentais de plus en plus profondément que ma vie était conduite par Allah. Je mettais en application cette persévérance qui nous fait demeurer sous le regard d'Allah :

> *Je m'adresse à ceux qui croient,*
> *Recourez à la persévérance et à la prière.*
> *Car Allah est avec ceux qui persévèrent.*
> [2, 153.]

J'étais maintenant considéré comme un habitant de Tintazart à part entière. Tous avaient appris le décès de mon épouse et, assez souvent, j'étais invité pour un repas dans les familles voisines, qu'elles aient ou n'aient pas d'enfants à l'école. Selon le conseil du voyant, je m'abstenais de toute relation féminine. Cela n'était pas sans en surprendre beaucoup, puisque maintenant je n'étais plus un homme marié, mais un taleb célibataire à la situation établie. Peu m'importait que certains me considèrent comme un impuissant. Je devais, avant tout, ne pas laisser prises aux sorts que la femme au collier avait jetés sur moi et qui pourraient encore me nuire si je rencontrais une femme.

Pendant les heures d'étude, où je devais surveiller le travail des élèves de la grande classe, je n'abordais que des sujets appartenant au domaine scolaire. Toutefois lorsque ce fut le mois de ramadan, je leur proposais, lors d'un moment de détente, un échange sur les raisons de ce jeûne et de sa rupture au coucher du soleil. Ces jeunes étaient presque tous pubères, en âge de jeûner. Cependant, compte tenu de l'intérêt limité qu'ils portaient à l'islam, il me paraissait bon de les inciter à obéir à la volonté d'Allah concernant leur vie quotidienne. À cette question sur les temps du jeûne, aucun ne me donna de réponse parmi ceux qui appartenaient à une famille musulmane. Comme lors de notre premier échange, Youssef, après un temps passé à nous observer, prit la parole :

– Durant les premières années de l'islam, les musulmans observaient le même jeûne que les juifs, le jour de l'Ashoura, le dixième jour du premier mois de l'année. Lorsque les juifs jeûnent, ce jeûne dure un jour complet de vingt-quatre heures. Pour nous, les jours commencent et finissent au moment du coucher du soleil, comme Adonaï Élohim le dit dans la Torah : « Il y eut un soir, il y eut un matin, premier jour » (Genèse 1, 5). Ainsi lorsque nous jeûnons, nous nous abstenons de toute nourriture et de toute boisson depuis le coucher du soleil, le soir, jusqu'au coucher de soleil le soir suivant. C'est pourquoi, lors de l'Ashoura, les premiers musulmans, comme les juifs, rompaient le jeûne au moment du coucher du soleil, au début du jour suivant. Cette règle de la rupture du jeûne a été conservée lorsque le jeûne de l'Ashoura a été remplacé par le jeûne du mois de ramadan, en conservant la pratique de manger au début de chaque jour, c'est-à-dire après le coucher du soleil. C'est pour cette raison, comme mon père me l'a appris, que la rupture du jeûne a lieu après le coucher du soleil chez les musulmans. Prenant modèle sur le jeûne des moines chrétiens d'Égypte qui durait quarante jours, le jeûne du ramadan a la durée d'un mois lunaire, vingt-neuf ou trente jours. Le jeûne du ramadan a donc son origine chez les juifs et chez les chrétiens.

Cette réponse m'obligeait à une mise au point car, en ce qui concerne le jeûne, la pratique en est clairement précisée par Allah dans le Coran et donc ne dépend pas des juifs et des chrétiens.

Avant de reprendre ce qu'avait affirmé le jeune Youssef, je rappelais aux élèves ce que nous enseigne le Coran :

Je m'adresse à ceux qui croient,
Le jeûne vous a été prescrit,
Comme il a été prescrit
À ceux qui vous ont précédés.
Puissiez-vous être dans la crainte.

Le mois de ramadan où le Coran a été révélé
Est guide pour les humains,
Témoignages venant du guide et du discernement.
Celui qui observe la nouvelle lune
Qu'il jeûne durant ce mois.

Mangez et buvez jusqu'à ce que,
À l'aube, vous distinguiez
Le fil blanc d'un fil noir.
Puis rompez le jeûne à la nuit.
[2, 183-185-187.]

Il me fallait rester maître de la situation, tout en reconnaissant une certaine ignorance :

– Dans le Coran, Allah nous rappelle que le jeûne avait déjà été prescrit aux juifs et aux chrétiens. Il était donc normal, puisque Allah avait Lui-même déterminé dans la Torah le moment où commençait le nouveau jour, que cela soit repris dans la manière de jeûner des musulmans. En ce qui concerne la durée du jeûne, un mois lunaire, j'ignore quelle était la manière de jeûner des moines d'Égypte, je me renseignerai.

Youssef avait fait allusion à ce que son père lui avait dit. Mais sur quelles informations s'appuyait cette affirmation ? Quoi qu'il en soit, j'avais tout avantage à me renseigner sur ce sujet auprès de ceux qui en avaient quelque connaissance, à commencer par le père de Youssef. Toutefois, comme le caméléon, je n'étais pas sûr du terrain où j'avançais. Aussi je décidai de poursuivre cette relation avec Youssef et l'interrogeai :

– Tout ce que t'a dit ton père est très intéressant. Il a dû faire de longues études pour savoir tout ce qu'il t'a transmis. Est-ce à Tata qu'il a appris tout cela ou bien a-t-il été se former ailleurs ?

La réponse de Youssef m'entraîna dans un univers que j'étais loin de soupçonner :

– Mon père a appris tout cela de son grand-père qui, lui-même, l'avait appris de son père, après un voyage de celui-ci en Orient avec le rabbin Mardochée Abi Serour. Le jeune Mardochée et lui étaient partis de Tata, pour un pèlerinage à Jérusalem, sur la terre de nos ancêtres. Ils y sont restés plusieurs années où ils ont suivi l'enseignement des rabbins, en particulier à Safed. Puis ils sont revenus ici avec un rouleau de la Torah, qui a été confié à la garde de mon père lorsque son grand-père est mort. Malheureusement, celui-ci n'a pas eu la possibilité d'apprendre à mon père toute la lecture de ce rouleau, car il est écrit en hébreu. Mon père en connaît certains passages par cœur et c'est comme cela que moi-même j'ai appris une partie de la Torah, sans la lire. Ce qu'il me dit sur la Torah et sur d'autres sujets, il me le transmet d'après ce qu'il a entendu de son grand-père lorsqu'il était jeune. Ce qu'il connaît sur les moines chrétiens provient de cet ancêtre qui était parti à Jérusalem avec Mardochée. Menacés par un soulèvement des Druzes, ils s'étaient réfugiés dans un monastère où vivaient des moines originaires d'Égypte.

À l'exception de ce rouleau de la Torah qui vient de Jérusalem, il n'y a chez nous que des livres de prière. Mon père m'a envoyé à l'école pour que je puisse un jour lire toute la Torah et réciter les prières, mais l'écriture de l'arabe ou du français ne ressemblent pas à celle de l'hébreu, et je ne peux toujours pas lire ce rouleau de la Torah auquel je suis cependant très attaché.

Après cette longue confidence, Youssef était devenu une autre personne, il n'y avait plus en lui cette attitude fière et assurée des interventions précédentes. Ce qu'il venait de me confier témoignait d'une réelle souffrance devant son incapacité à lire le texte de la Torah. Je découvrais en lui un désir et une attente qui avaient leur origine bien au-delà de lui-même. Le désir et l'attente de tous ses ancêtres pour qui la Torah était un guide et une lumière tout au long de leur vie. Mais il devait y avoir chez Youssef et dans sa famille d'autres problèmes que je ne connaissais pas encore, en particulier ceux en lien avec l'animosité du directeur d'école à l'égard des juifs.

En ce qui concerne l'enseignement de la langue hébraïque, j'avais eu l'occasion de passer à Meknès devant une yeshivah où il y avait encore des enseignants et quelques élèves juifs, mais je n'avais eu aucun contact avec eux. Le cursus de la licence en littérature arabe à la faculté de Lettres de Fès comportait bien un cours de langue hébraïque, mais cela ne faisait pas partie des études d'un instituteur. En moi-même, je souhaitais que Youssef puisse apprendre l'hébreu. Cependant, je ne pouvais pas en parler avec un de mes collègues et encore moins avec le directeur. Cela aurait suscité des commentaires qui se seraient ajoutés à ceux dont j'étais sûrement l'objet concernant la mort de ma jeune épouse et ma vie sans relations féminines. Dans une telle situation, je compris qu'il me fallait m'en remettre à la volonté d'Allah. Si Youssef devait apprendre l'hébreu, Allah nous ferait rencontrer des personnes avec qui ce serait possible.

C'est dans cet esprit que j'acceptais, quelques semaines plus tard, l'invitation transmise par Youssef de venir dans sa famille partager le repas d'entrée en shabbat. Je m'y préparais en relisant la sourate « Youssouf » du Coran (12) où nous sont rapportées les faveurs d'Allah à l'égard de ce fils de Ya'qoub : toutes les situations qu'il dut affronter, face à ses frères qui voulaient le tuer, contre la femme de son maître qui s'était éprise de lui, avec ses deux compagnons de prison, et enfin les responsabilités que lui confia le roi après qu'il lui eut expliqué le songe que personne ne pouvait interpréter.

Je me rendis chez les parents de Youssef, un vendredi soir bien avant le coucher du soleil. L'accueil fut très simple. Les salutations habituelles comportaient quelques mots que je ne compris pas. Je sentais qu'il y avait quelque chose d'insolite dans ma présence à un moment si intime d'une famille juive. Je désirais savoir pour quelles raisons j'avais été invité. Je n'avais rien dit à Youssef de mon souhait qu'il puisse apprendre l'hébreu et je n'avais jamais rencontré ses parents.

L'intérieur de la maison avait tout pour me surprendre. Il y régnait un désordre presque parfait : des habits étaient étalés un peu partout, des babouches et des objets d'usage courant étaient entreposés dans des endroits les plus insolites, les nattes et les couvertures pour la nuit étaient entassés ici et là sans être roulées ou pliées. Il y avait comme deux cuisines, les mêmes ustensiles se retrouvaient dans deux endroits bien séparés l'un de l'autre, sans doute en raison des règles de pureté alimentaire propres aux juifs.

Le repas d'entrée en shabbat se déroula selon un rituel que je découvrais pour la première fois. J'entendais des mots inconnus, mais également certains qui appartenaient à notre langue. La mère de Youssef alluma la lampe du shabbat. Puis le père de Youssef, tout en ayant devant lui un livre écrit en hébreu, récitait par cœur les paroles de cette cérémonie familiale, en y ajoutant, me semblait-il, des termes de sa langue maternelle. J'écoutais en silence, en spectateur étranger et cependant désireux de comprendre ce que cela signifiait pour eux. Car il me paraissait évident que cette invitation venait rejoindre mon désir de connaître la Torah. Toutefois, ce soir-là, il n'en fut pas question. À la fin du repas, le père de Youssef m'interpella :

– N'est-il pas écrit dans le Coran que les musulmans doivent se conduire selon la justice ?

– Exactement, c'est ce qu'Allah nous dit dans ces versets :

Agissez avec équité,
Allah aime ceux qui sont équitables.
[49, 9.]

Allah vous commande de restituer
Les dépôts à leurs ayants droit.
Lorsque vous jugez entre des personnes
Jugez selon la justice.
Car Allah est admirable
En ce à quoi Il vous exhorte.
[4, 58.]

– Alors pourquoi certains musulmans ne respectent-ils pas la justice ? Vous, les musulmans, vous nous condamnez à la Géhenne, mais je pense que beaucoup de musulmans coupables d'injustices subiront le même sort.

Il n'y avait pas de colère dans ces paroles, mais une tristesse impuissante. Le père de Youssef semblait se trouver dans une situation face à laquelle il était incapable de lutter. En se confiant ainsi, il attendait de moi que je lui apporte mon soutien. En tout état de cause, il me demandait, avant même de me dire ce dont il s'agissait, de lui apporter mon appui dans une affaire qui relevait de la justice. La prudence du caméléon m'engageait à refuser, mais mon désir de découvrir la Torah me poussait à garder le lien avec cette famille juive. Intérieurement je demandais à mes trois amies, ma mère, Nour et ma chèvre, de m'aider à prendre une décision. Leur aide me vint sous la forme d'un proverbe dont je me souvins à ce moment : « Traverse l'oued qui murmure, mais ne traverse pas l'oued silencieux. » Tant que le père de Youssef ne m'aurait pas dit clairement les faits qui étaient à l'origine de ce procès dans lequel il voulait que je le soutienne, je devais rester sur mes gardes et ne pas m'avancer, même si cela devait retarder ou même rendre impossible ma connaissance du texte de la Torah.

Je pris prétexte qu'il était déjà tard pour les remercier, lui et son épouse, de leur hospitalité, et je rentrai chez moi, à la clarté de la lune. Tout en marchant, je cherchais quel pouvait être le lien entre ce que m'avait dit le père de Youssef et l'hostilité du directeur de l'école à l'égard des juifs.

5.

La Torah céleste

Quelques jours plus tard, j'appris que deux juifs originaires de Tata avaient décidé de revenir dans leur pays natal pour y rencontrer ceux qu'ils avaient connus jadis. Ils avaient quitté Tata lorsqu'ils étaient adolescents pour émigrer en Palestine. L'un vivait dans un quartier près des remparts de Jérusalem. L'autre habitait Tel-Aviv où il gérait une discothèque et se rendait fréquemment à l'étranger pour affaires. L'annonce de cette venue ne me laissait pas indifférent, je pensais en moi-même que c'était peut-être là l'occasion tant attendue de mieux connaître ce qu'était la Torah.

Ils arrivèrent dans une même voiture, conduite par l'Israélien de Tel-Aviv. C'était là leur seul point commun tant leur aspect extérieur était contrasté. Le juif de Jérusalem vivait dans un quartier où tous appliquent rigoureusement les préceptes de la Torah tels qu'ils ont été précisés par les rabbins. Il portait un costume noir, une calotte noire sous un chapeau de feutre noir, tandis que deux torsades de cheveux noirs tombaient de chaque côté de son visage, quelques fils blancs, à droite et à gauche, devant et derrière, dépassaient du bas de sa veste. Par contre, le juif de Tel-Aviv était habillé d'une chemise à fleurs, d'un pantalon de toile jaune et des chaussures en daim. Ses longs cheveux flottaient au vent et il portait des lunettes de soleil en écaille. Il revenait de Paris où il avait rencontré d'autres directeurs de discothèques. À les voir ainsi, côte à côte, je compris une fois de plus tout ce que m'avait dit Bba sidi sur l'influence qu'exercent sur notre personnalité ceux avec qui nous vivons. Deux jeunes, nés ici, étaient devenus profondément différents dans leur allure, et sans doute aussi dans leur mentalité.

Diverses rencontres furent organisées avec chacun d'eux. En fait, ils ne tenaient pas à se retrouver ensemble dans un même groupe. C'était à se demander comment ils avaient pu voyager dans une même voiture pour venir jusqu'à Tata. J'appris que le directeur de la discothèque avait pris en charge les frais du voyage de son coreligionnaire, car les juifs qui vivent dans ce quartier de Jérusalem n'ont pas d'activité régulièrement rémunérées mais reçoivent des dons pour les divers services qu'ils rendent dans le domaine religieux, en particulier par leurs prières et leur étude de la Torah et du Talmud.

La venue de ces deux Israéliens originaires de Tata avait pour but de régler un problème de succession encore en suspens. Un de mes élèves m'informa que le père de Youssef et le juif de Jérusalem avait un même parent qui avait habité Tintazart et qui, à sa mort, leur avait légué ses biens, mais que le juif de Jérusalem n'avait rien reçu de cet héritage. C'est pourquoi il était revenu à Tata pour essayer de récupérer ce qui lui revenait. En réalité, le père de Youssef avait vendu l'ensemble de cet héritage à un musulman qui était parti en Europe sans lui en remettre le prix. La situation d'injustice à laquelle le père de Youssef avait fait allusion, lors de mon dîner chez lui, consistait donc en ce que, d'une part, il n'avait rien reçu et que, d'autre part, il lui était impossible de transmettre la part qui revenait à l'autre héritier. J'appris également que le père de Youssef avait vendu très cher à un parent du juif qui habitait Jérusalem le rouleau de la Torah que Mardochée avait rapporté jadis de son pèlerinage en Palestine et que, en réalité, il ne lui avait remis qu'un rouleau du livre de Job qui avait beaucoup moins de valeur. Ce qui correspondait aux propos qui m'avaient été tenus par le directeur de l'école sur les juifs de Tata. Il était pour moi de plus en plus évident qu'il me fallait garder la prudence du caméléon. J'avais eu raison de ne pas prendre parti lors du repas chez le père de Youssef.

En dehors des séances au tribunal, j'eus l'occasion de rencontrer le juif de Jérusalem pendant un long moment, seul à seul. Nous étions assis devant ma maison, le jour baissait lentement et la douceur du soir enveloppait tout ce qui nous entourait d'une paix qui laissait percevoir la présence du monde invisible. Comme je sentais une certaine sympathie entre nous, j'osais lui parler de façon directe :

– Nous ne nous connaissons pas, mais j'ai le sentiment que nous poursuivons vous et moi une démarche commune : celle de nous passionner pour ce qu'Allah nous a transmis, la Torah pour vous et le Coran pour moi. J'aimerais savoir de quelle manière Allah a transmis cette Torah à Moussa. Nous croyons que le Coran a été transmis par Allah à Muhammad (S. B. sur lui) afin de donner aux hommes un guide et une lumière pour qu'ils parviennent au Jardin des délices et aussi pour rectifier les erreurs que les hommes avaient introduits dans le texte de la Torah. Quelle est votre position sur cette question ?

– Je vois que vous êtes un bon musulman et que vous respectez notre religion. Votre question est précise et j'y réponds volontiers. Les anciens maîtres en Israël nous ont appris que le Saint, béni soit-Il, a fait écrire par des anges, appelés son doigt, le texte de notre Torah, et ceci bien avant qu'Il ne crée le monde. Cette Torah céleste est l'œuvre la plus parfaite d'Adonaï Élohim, et Il l'aime plus que toutes ses autres créatures. Elle n'est pas descendue sur le cœur de Moshé, comme vous le dites du Coran descendu sur le cœur de Muhammad, mais elle a été écrite matériellement telle que Moshé l'a reçue sur des tables de pierre. Par elle, Adonaï Élohim a décrit et ordonné les différentes étapes de son œuvre créatrice avant de l'entreprendre. Et, dans un souci de justice à l'égard des hommes, en dictant cette Torah, Adonaï a écrit, avant que cela n'arrive, comment lorsque Adam et Ève cueilleraient le fruit qu'Il leur avait défendu de prendre, comment Il les expulserait du Jardin, puis lorsque les humains deviendraient totalement pervertis, comment Il les noierait par le déluge ou s'ils construisaient une tour pour rejoindre le ciel, comment Il les rendrait incapables de s'entendre. Mais, avant tout, cette Torah nous enseigne ce que nous devons accomplir à la fois dans notre relation avec Adonaï et dans notre vie quotidienne à l'égard de ceux avec qui nous vivons. Adonaï l'a d'ailleurs proposée à toutes les nations qui sont sur la terre, mais quand ces nations ont eu connaissance des obligations qu'elle comportait, celles-ci n'ont pas voulu s'engager. Seul notre peuple a répondu à la demande d'Adonaï et a conclu cette alliance avec Lui en s'engageant à observer tout ce qui est écrit dans la Torah.

Dans les traditions musulmanes que vous appelez les Hadiths, il existe un récit précis qui atteste de la préexistence de notre Torah avant la création du monde visible. Voici ce dont témoigne votre Prophète :

> Une discussion éclata entre Adam et Moshé : « Ya Adam, dit Moshé, c'est toi notre père qui nous as perdus et nous a fait chasser du paradis. » « Ya Moshé, répliqua Adam, Allah t'a choisi pour t'adresser la parole, pour toi Il a écrit de sa main. Vas-tu me blâmer pour une chose qu'Allah avait prescrite quarante ans avant de me créer. » Adam argumenta contre Moshé, puis Adam argumenta encore contre Moshé et il argumenta ainsi une troisième fois contre lui[1].

Ce récit appartient aux traditions reçues de votre Prophète et il est considéré comme authentique par vos savants. Notre Prophète Moshé y interpelle Adam en se référant à ce qui est écrit

1. *Les Traditions islamiques*, titre 82, chapitre XI.

dans le troisième chapitre de Beréshit, le premier livre de notre Torah : l'expulsion d'Adam et de sa femme hors du Jardin où Adonaï les avait établis, et les maux qui en ont résulté pour toute l'humanité. Dans ce hadith, votre Prophète lui-même témoigne donc que notre Torah a été dictée par Adonaï avant la création du monde.

Lorsqu'Adonaï a fait écrire par les anges le texte de la Torah, Il en a fait deux exemplaires : un exemplaire était destiné à Moshé, l'autre exemplaire a été gardé avec soin auprès d'Adonaï. Notre Prophète Moshé a reçu, sur la montagne du Sinaï, cette Torah écrite sur des tables de pierre que nous avons conservées fidèlement et une Torah orale que nous appelons la Torah de la bouche, afin que le texte écrit avec seulement des consonnes puisse être compris par les hommes, à la manière de ce qui était pratiqué par les gouvernants de cette époque. À cette Torah orale, d'autres paroles se sont trouvées ajoutées pour en expliciter le sens véritable, l'ensemble constitue ce que nous appelons le Talmud. C'est ainsi que, dans ces traditions reçues de Moshé, il nous est dit que nous sommes dispensés de venir en aide à nos parents en faisant de nos biens une offrande sacrée à Adonaï. Cette tradition est comparable à celle qui, dans l'islam, conduit à ne pas condamner pour adultère une veuve qui se trouve enceinte deux ou trois ans après le décès de son époux, en donnant comme raison que l'enfant était déjà dans le sein de sa mère avant la mort de son père et qu'il s'était endormi. Il y a une quarantaine d'années, ici au Maroc, un homme, qui avait répudié sa femme sans avoir d'enfant, a fait reconnaître en justice sa paternité sur un enfant né de cette femme, deux fois remariée depuis, plus de six ans après l'avoir renvoyée.

Tout ce discours me déroutait. Je me demandais où ce juif voulait en venir. Je me permis une remarque timide :

– Ce que font les hommes peut ne pas correspondre à la volonté d'Allah. Un grand nombre de nos pratiques religieuses, comme les moussems, ne viennent pas d'Allah mais de traditions humaines antérieures à l'islam. Toutefois, elles ne diminuent en rien la valeur de notre Coran.

Mon interlocuteur ne parut pas surpris de ma réaction, il continua :

– Quoi qu'il en soit, bien avant que Moshé ait reçu la Torah écrite et la Torah orale, il existe une Torah céleste gardée avec soin auprès d'Adonaï. Le Coran lui-même en témoigne :

Il dit : Moussa,
Je t'ai choisi entre les humains,
Pour mon message et ma parole.
Prends ce que Je t'ai donné
Et sois parmi les reconnaissants.
Nous avons écrit pour toi sur les Tables
Toutes sortes d'exhortation
Et un état détaillé de toutes choses.
Prends-les de tout cœur.
[7, 144-145.]

Bien plus, c'est un Coran illustre
Sur une Table gardée avec soin.
[85, 21-22.]

Le nom de cette Table, Laou.h, tel qu'il figure dans le Coran provient de celui qui se trouve dans la Torah. Nous avons donc en commun la même certitude : il existe auprès d'Adonaï un texte écrit antérieur à la création du monde. Pour nous, les juifs, ce texte est celui de la Torah. Pour vous, les musulmans, ce texte est celui du Coran. Cette Torah est véritablement pour nous un guide et une lumière. C'est par elle que nous pouvons, dans la prière, approcher d'Adonaï et vivre ce lien d'amour qui nous fait entrer dès maintenant dans son éternité. Comme le dit le roi David dans un psaume : « Tu ne peux pas laisser celui qui a un lien d'amour avec Toi voir la corruption »

(Psaume 16, 10). C'est ainsi que nous cheminons vers Adonaï Élohim guidés par notre Torah.

Ce raisonnement et cette conclusion ne correspondaient pas à ce que j'avais appris. Je voulus le rectifier et l'amener à reconnaître la vérité :

– La Coran n'est en aucun cas un texte écrit par Allah avant la création du monde. Avant d'être descendu en langue arabe sur le cœur de Muhammad (S. B. sur lui), le Coran existait éternellement en Allah. Le Coran n'est pas une œuvre créée par Allah à la manière de ce que vous dîtes de la Torah. Nous savons que le Coran est rigoureusement identique à la Parole éternelle d'Allah. La descente du Coran sur Muhammad (S. B. sur lui) est un grand miracle en ce que cette Parole éternelle d'Allah a été révélée dans une langue que les hommes peuvent comprendre. Vous, les juifs, prétendez avoir reçu, dans la Torah, ce qu'Allah aurait dicté à des anges avant de créer le monde, mais en cela vous montrez clairement que vous n'avez pas su conserver fidèlement ce qui vous avait été donné par Moussa, car ce qu'Allah a transmis aux hommes n'est pas un texte écrit mais sa propre Parole. Dans le passage de la tradition du Prophète que vous avez cité, il nous est simplement rapporté ce qu'était la conception juive de la Torah et non ce qu'est véritablement le Coran.

Mon interlocuteur juif resta un moment en silence, je pensais que mon intervention allait le dérouter. En cela, je me trompais. Prenant la parole avec force, il manifesta son désaccord avec une certaine agressivité :

– Il n'est écrit nulle part dans votre Coran que ce qu'il contient est l'expression en langue arabe de la Parole éternelle d'Adonaï. Au contraire, il existe de nombreux versets, à commencer par le début de la deuxième sourate, qui font référence à un livre :

> *Voilà le Livre, en lui il n'y a aucun doute,*
> *Guide pour ceux qui craignent*
> [2, 2.]

Ou encore dans cette même sourate :

> *Car Nous avons donné à Moussa*
> *Le Livre et le Discernement*
> *Pour que vous soyez bien dirigés.*
> [2, 53.]
> *Lorsqu'un messager leur était venu*
> *De la part d'Allah*
> *Confirmant ce qu'ils avaient déjà,*
> *Certains de ceux à qui le Livre avait été donné*
> *Ont rejeté derrière leur dos le Livre d'Allah*
> *Comme s'ils ne le connaissaient pas.*
> [2, 101.]

L'expression « Livre d'Allah » se retrouve dans d'autres versets du Coran (5, 44 ; 8, 75 ; 33, 6 et 35, 29), mais il n'y est jamais écrit que le Coran est la Parole éternelle d'Allah. C'est plus tard, à l'époque d'Ibn Hanbal et d'alAsh'ari, plus de deux cents ans après la mort de votre Prophète, que des musulmans ont affirmé que le Coran était la Parole éternelle, lors d'un affrontement entre le pouvoir politique et le pouvoir religieux sous la dynastie des Abbassides, à Bagdad. Certains spécialistes occidentaux estiment que cette prise de position a son origine, au moins partiellement, dans les rencontres entre musulmans et chrétiens qui avaient lieu à cette époque. Les chrétiens affirmaient devant les musulmans que Jésus de Nazareth est la Parole éternelle venant d'Adonaï. Ce qui a conduit les musulmans à affirmer que le Coran était lui aussi la Parole éternelle. Par ailleurs, affirmer que le Coran est une réalité divine éternelle renforçait l'autorité des responsables religieux face au pouvoir politique. Nous, les juifs, qui affirmons l'existence de la Torah céleste, sommes fidèles à ce qui est dit dans le Coran. Alors que votre affirmation que le Coran est la Parole éternelle d'Allah n'a aucun fondement écrit.

Cette réaction me surprit, je ne pensais pas qu'un juif puisse avoir une telle connaissance du Coran. D'un côté je découvrais que des juifs s'intéressaient au Coran et le connaissaient, mais d'un autre côté, la position de ce juif mettait en cause ce qui m'avait été transmis concernant la Parole éternelle d'Allah descendue sur le cœur de Muhammad (S. B. sur lui). Qui devais-je croire ? Je demandais intérieurement à ma mère et à Nour de m'aider. Ce fut ma chèvre qui me répondit. Je l'entendis pousser ce même « bêê » par lequel elle m'avait jadis écarté de la vipère à corne. Un réel danger était présent dans tout ce que je venais d'entendre.

L'appel à la prière du Maghreb mit fin à notre échange. Je remerciai le juif de Jérusalem de m'avoir exposé sincèrement sa conviction concernant la Torah céleste et le Coran. Je le priai de m'excuser car je devais faire mes ablutions (d'autant plus nécessaires après un tel échange) et prier. Il partit sans formules de politesse. Notre échange s'arrêta là.

La décision de justice concernant le litige entre le père de Youssef et l'autre héritier fut rendue le lendemain, dans la matinée. En ce qui concerne la part d'héritage qui devait revenir au juif de Jérusalem, le père de Youssef apporta la preuve qu'il avait vendu ce bien, mais personne n'était là pour témoigner qu'il n'en avait reçu aucun paiement. Aussi, selon le droit marocain, ce litige entre deux juifs sur une question relevant du statut personnel devait être tranché par un tribunal rabbinique. Comme il n'y avait à Tata aucun rabbin pouvant juger d'une telle affaire, le juge se contenta de renvoyer les deux parties devant un tribunal compétent. Mais en ce qui concernait la fraude dans la vente du rouleau de la Torah, il s'agissait là d'un litige relevant du droit commercial, le juge musulman siégeant ici était à même de rendre un jugement. Il condamna le père de Youssef à remettre au juif de Jérusalem, représentant de l'acheteur, l'authentique rouleau de la Torah. J'étais présent lors de la proclamation du jugement. La faute du père de Youssef était évidente mais cela ne diminuait en rien la souffrance de son fils. Celui-ci, même s'il apprenait l'hébreu, n'aurait plus la possibilité de lire la Torah de ses ancêtres, il en était privé au moins pour quelque temps.

Dans l'après-midi de ce même jour, je rencontrai de façon inopinée le juif de Tel-Aviv. C'était pour moi l'occasion inespérée d'avoir un autre point de vue sur la Torah. Après les salutations et quelques phrases de politesse, je me lançais dans le débat en lui demandant son opinion sur ce sujet :

– J'ai eu, hier, un long échange avec votre ami de Jérusalem, il m'a expliqué comment la Torah avait été dictée par Allah, avant même la création du monde, et qu'Il en a gardé un exemplaire auprès de Lui, ce que vous appelez la Torah céleste. Comme je ne connaissais pas, jusqu'à présent, la nature de la Torah, j'aimerais connaître votre avis sur cette question ? En ce qui nous concerne, nous avons la conviction que le Coran est l'expression de la Parole éternelle d'Allah et qu'il a été révélé par Lui pour confirmer les livres qui étaient descendus auparavant et pour rectifier leur contenu dans la mesure où les hommes n'avaient pas su le conserver et le transmettre fidèlement.

À la manière d'un conférencier qui se prépare à un exposé solennel, le directeur de la discothèque se recula un peu sur sa chaise, prit un temps de réflexion, sembla hésiter sur ce qu'il allait me dire, puis se décida, prenant son élan comme s'il se préparait à sauter un obstacle :

– Ma position sur ce sujet va sûrement vous surprendre. Les savants qui étudient les diverses religions présentes sur la terre ont constaté qu'il y avait dans ce domaine un phénomène commun qui se retrouve dans des cultures et à des époques très diverses. Les textes religieux anciens, comme les Veda de l'hindouisme, des Hiéroglyphes de l'époque des Pharaons, l'Avesta de Zoroastre, et bien d'autres écrits, qui constituent les fondements de ces religions, sont considérés comme des textes reçus de Dieu ou des Dieux. Ces textes possèdent ainsi une autorité qui ne peut être contestée par les hommes. C'est ce qui se constate également dans les lois régissant la vie en société. Au sommet de la stèle où se trouve gravé le code d'Hammourabi, nous voyons le roi recevoir l'ensemble des lois qu'il veut promulguer des mains du Dieu Shamash, car venant de Dieu ce code reçoit une autorité qui dépasse toute autorité humaine et ne peut être contesté par personne.

Aujourd'hui les études sur l'histoire du peuple juif nous ont appris que la Torah, telle qu'elle figure dans nos livres ou sur des rouleaux, est un assemblage de textes d'origines et d'époques très diverses, c'est pourquoi un même passage figure dans plusieurs livres. Ceci permet également de comprendre des paroles qui expriment les connaissances fragmentaires de ceux qui ont écrit ces textes : ainsi, dans le récit de la création du monde, le soleil qui est à l'origine du jour n'est créé que le quatrième jour (Genèse 1, 14-19). Les anciens croyaient en effet que le jour était produit par une vapeur claire et la nuit par une vapeur sombre.

Lorsque ces documents ont été rassemblés par des scribes juifs vers la fin de la période royale et pendant l'exil à Babylone, ils ont été répartis en cinq livres qui composent la Torah et sont considérés comme l'œuvre de Moshé, d'où le nom de Torah de Moshé donné habituellement à cet ensemble, nom qu'il a gardé jusqu'à nos jours. Une centaine d'années environ après leur retour en Judée, à une époque où les juifs ne disposaient pas d'un gouvernement qui corresponde à leur identité religieuse, un scribe nommé Esdras organisa ce que nous appellerions de nos jours un plébiscite afin de faire proclamer par les habitants de Jérusalem l'origine divine de cette Torah de Moshé. Ce qui n'était qu'un assemblage de textes attribués à Moshé devint ainsi un Livre divin sur la base duquel il était possible, en raison de l'autorité d'Adonaï Élohim, d'organiser la vie du peuple juif non seulement à Jérusalem mais aussi dans tous les pays où il avait été dispersé. Cette Torah reçue d'Adonaï constitua le fondement qui allait structurer toutes les communautés juives encore de nos jours.

En écoutant cette présentation de la Torah devenue divine par la volonté d'Esdras, il me vint une question :

– Mais comment pouvez-vous savoir que c'est là l'œuvre d'Esdras, dans la mesure où la tradition et le Coran nous présentent le Livre d'Allah de façon toute différente ?

– Il y a dans notre Bible, où sont réunis des livres écrits à diverses époques, des passages appartenant à des livres anciens qui ont été recopiés dans d'autres livres écrits à des époques plus tardives. C'est ainsi que, dans des livres rédigés avant Esdras, nous trouvons cette phrase : « La Torah que leur a prescrite mon serviteur Moshé » (Deuxième Livre des Rois 21, 8). Le même passage a été recopié mot à mot, dans un livre rédigé après Esdras, en modifiant uniquement l'origine de cette Torah. Nous y lisons : « La Torah que Je leur ai prescrite par l'intermédiaire de Moshé » (Deuxième livre des Chroniques 33, 8). Cette modification du texte originel met en évidence le changement d'origine de cette Torah, qui fut semble-t-il réalisé à l'époque d'Esdras. Un texte attribué à un homme devenait un texte venant d'Adonaï. Le lien entre le pouvoir religieux et le pouvoir politique s'en est trouvé renforcé, c'est ainsi qu'à l'époque des Hasmonéens, avant la conquête du pays par Pompée, le Grand Pontife exerçait également le pouvoir royal.

– En d'autres termes, toute cette attribution à Allah d'un Livre dicté par Lui n'avait pas d'autre but que de donner plus de force au pouvoir politique !

– Exactement, car il devenait ainsi possible d'organiser la vie de la communauté de façon à ce que personne ne puisse émettre de contestation. Tous y avaient avantage. Aussi, à partir de cette époque, les scribes juifs se sont efforcés d'expliquer comment cette Torah nous était parvenue. Prenant exemple sur la manière dont les textes gouvernementaux étaient transmis dans l'Antiquité, les scribes mirent en œuvre les trois personnages requis pour une telle transmission : deux scribes transcrivant le texte sur des tablettes d'argile et un messager, considéré comme illettré, chargé de mémoriser ce texte et de le transmettre oralement. Le texte conservé en archives dans la pratique des administrations terrestres est devenu ici la Torah céleste gardée avec soin auprès de Dieu. Les anges, appelés le doigt de Dieu et chargés d'exécuter ses ordres, tenaient la place des scribes et le messager, déjà reconnu comme ayant reçu la Torah orale, était notre Prophète Moshé, cela va de soi.

Restait à préciser le moment où Dieu avait dicté ce texte transmis par Moshé. Selon la manière humaine de procéder, la Torah aurait dû être écrite au moment même où elle était transmise à Moshé. Mais cela faisait de la Torah une œuvre secondaire, une création tardive. C'est pourquoi, vers le début du deuxième siècle de notre ère, les rabbins se mirent d'accord pour affirmer que la Torah était l'œuvre la plus parfaite de Dieu et donc qu'elle avait été créée à la fin du sixième jour de la création, avant le premier Shabbat (Talmud babylonien, Pesahim, 54 a). Mais une telle conception faisait de la Torah la dernière des créatures. Aussi, plus tard, d'autres rabbins en sont venus à considérer que la Torah était, à la fois par son origine et par son contenu, la première de toutes les créatures et donc qu'elle avait été créée bien avant l'ensemble du monde visible. Ceci est confirmé par un hadith de votre Prophète. Vous comprendrez que pour moi, cette doctrine de la Torah céleste n'est qu'un conte sorti de la tête de nos rabbins et que tout cela n'a rien d'historique.

Devant un tel flot de paroles et de considérations, je me sentais complètement dépassé. Ce que m'avait affirmé le juif de Jérusalem ne concordait pas avec ce que j'avais appris concernant le Coran mais, au moins pour lui, la Torah et le Coran gardaient une origine divine. Ce que je venais d'entendre transformait la Torah en un texte purement humain, sans aucune référence à Allah. Pour moi, le Coran n'avait rien de commun avec cette Torah. Comme la veille, je fis appel intérieurement à l'aide de ma mère et de

Nour et, comme la veille, ce fut ma chèvre qui me répondit par un « bêê » de grand danger.

Dans cette conception purement humaine de la Torah, Allah avait-Il encore une existence réelle ? Afin d'être éclairé sur ce sujet, je lui posais une dernière question :

– Pour vous, Celui que nous appelons Allah, et que vos coreligionnaires appellent Adonaï Élohim, a-t-Il une existence réelle, ou bien n'est-Il, Lui aussi, que le produit de notre imagination ?

Sa réponse ne fit qu'augmenter ma stupéfaction :

– Ce que nous appelons Adonaï Élohim n'est rien d'autre que l'âme de notre peuple, l'inconscient collectif qui nous habite depuis Abraham. Nous en avons la preuve dans ce que nous vivons aujourd'hui en Israël : c'est nous, les Israéliens, qui avons fait fleurir le désert, conformément à ce qui devait se réaliser aux temps messianiques annoncés par les prophètes. Ce qui montre bien que ce qui a été annoncé par des hommes de notre peuple a été réalisé, non par l'intervention d'un être extérieur à notre monde, mais par nous-mêmes, grâce à des techniques agricoles qui n'ont rien de céleste.

– Alors, pour vous, Allah n'existe pas. L'idée de Dieu est une pure création de l'esprit humain !

– Apportez-moi la preuve de l'existence de ce Créateur de l'univers et je vous croirai. Par contre, cet inconscient collectif que nous appelons Adonaï Élohim apparaît dans certains textes qui mettent en cause la Torah et témoignent d'une certaine distance vis-à-vis des contraintes qu'elle nous impose. Nous lisons dans le prophète Ézéchiel : « De plus, je leur ai moi-même donné des décrets qui ne sont pas bons et des décisions qui ne font pas vivre » (Ézéchiel 10, 25). Comment une même personne pourrait-elle à la fois être l'auteur de la Torah et mettre en évidence ses carences ? La Torah est un cadre rigide et contraignant et il est normal que, consciemment ou non, nous cherchions à nous en affranchir. D'autant que cette Torah n'est pas sans imposer des conduites inconciliables. Ainsi, aujourd'hui encore, un Cohen ou un Lévy n'a pas le droit de toucher un mort ni d'entrer dans un cimetière. C'est pourquoi ils ne peuvent pas s'approcher d'une personne mourante qui aurait besoin d'aide et de ce fait obéir au précepte de cette même Torah qui nous ordonne « d'aimer notre prochain comme nous-mêmes » (Lévitique 19, 18). Il en est de même pour les règles alimentaires, les rabbins sont loin d'être d'accord entre eux, et sur ce que nous devons faire en ce qui concerne la nourriture, il existe environ huit à neuf degrés d'application de ces règles alimentaires. Certains juifs ont l'illusion de parvenir à une vie éternelle grâce à leur Torah. Il n'en est rien. Dans les psaumes attribués à David, il nous est dit clairement que le devenir des hommes après leur mort n'est que silence, obscurité et oubli (Psaumes 6, 6 ; 88, 6 et 11-13 ; 115, 17). Il n'est jamais fait mention de Vie éternelle dans la Torah. L'observance des préceptes de la Torah a uniquement pour but de prolonger et de rendre heureuse notre vie sur la terre.

– Dans cette perspective, à quoi peut bien vous servir cette Torah dans l'organisation de votre communauté ?

– Il est évident que les hommes ont soif de merveilleux, car ce merveilleux leur permet, au-delà de leurs diversités, de partager un même idéal et de pouvoir ainsi vivre ensemble. Il convient donc de laisser les rabbins affirmer cette doctrine de la Torah céleste et, pour certains, leur espoir d'une vie éternelle, sans les contredire. Tout en sachant que cette doctrine est le fruit de leur imagination. Le bon ordre dans la société ne peut être imposé que par une morale et cette morale ne peut se construire que sur la base d'une religion. Car ce qui est de l'ordre du religieux ne peut être contesté par la raison humaine et possède, de par son origine attribuée à Dieu, une autorité qui dépasse cette raison. Contrairement à ce que pensaient les théoriciens de la Révolution française, la raison ne suffit pas à organiser de façon stable un ordre social juste et des relations pacifiques entre les personnes. Si je m'en souviens bien, en arabe, dans le langage courant, le mot « révolution » se dit « torât » qui est le pluriel de Torah, comme si la révolution venait prendre la place de plusieurs Torah. Il convient donc, pour maintenir le bon ordre dans la vie en société, de donner son appui à la doctrine de la Torah céleste, sans pour autant croire à ce que nous disent les rabbins.

Toujours revêtu de sa chemise à fleur, de son pantalon jaune et de ses chaussures en daim, le juif de Tel-Aviv acheva son propos en manifestant clairement sa satisfaction devant la qualité et la profondeur de son raisonnement. Ce n'est pas une discothèque de Tel-Aviv qu'il dirigeait en prononçant ce discours, mais l'État d'Israël et même tous les États de la terre…

Je ne pus rien lui répondre sur le moment. Sa certitude cynique rendait tout dialogue impossible. Une telle conception de la Torah était vide de toute rencontre personnelle avec Allah, que ce soit durant la vie ici-bas ou dans l'autre vie. Sa théorie sur la religion comme fondement de la morale, et par suite de l'ordre établi, était affirmée avec force. Cette assurance dans son propos montrait bien que ce n'était pas là une opinion qui lui était propre mais qu'il la partageait avec ceux qu'il avait l'habitude de fréquenter. C'est pourquoi il était inutile de prolonger notre échange. J'assurai le juif de Tel-Aviv de tout l'intérêt de sa conception de la Torah et d'Adonaï. Je compris à son regard qu'il n'était pas dupe de ma déception et nous nous séparâmes sans politesse excessive.

Tous ces échanges suscitaient en moi des pensées diverses. En premier lieu, en ce qui concerne les Psaumes, l'usage que ces juifs en faisaient, en en tirant des conclusions opposées, ne correspondait pas au témoignage que nous donne Allah dans le Coran de leur valeur et de leur importance quand Il nous dit :

> *Assurément, nous avons préféré*
> *Certains prophètes à d'autres,*
> *Nous avons donné à Daoud*
> *Des Psaumes.*
> [17, 55.]

Comment ce texte des Psaumes, donné par Allah à Daoud, pouvait-il être compris de façon si différente sur ce que nous devenons après notre mort ? N'était-ce pas une fois encore parce que le texte en avait été modifié par les juifs ? Toutefois, ce que m'avait dit le juif de Tel Aviv sur les multiples prescriptions alimentaires émises par les rabbins correspondait bien à ce qu'Allah nous dit dans le Coran :

> *Toute nourriture était licite*
> *Pour les fils d'Israël,*
> *Excepté ce qu'Israël avait déclaré illicite*
> *À son désavantage,*
> *Avant que la Torah ne soit descendue.*
> [3, 93.]

Quoi qu'il en soit, que deux personnes aussi différentes que l'habitant de Jérusalem et le directeur de discothèque puissent se prévaloir d'une même identité juive, constituait une preuve de ce que les fondements de cette religion avaient subis des déformations importantes au point de permettre de la vivre de façon totalement contradictoire.

En revenant vers le centre du village, j'aperçus un groupe d'hommes qui discutaient entre eux avec de grands gestes et beaucoup d'animation. Ce que j'appris en arrivant près d'eux ne me surprit qu'à moitié. Au moment de remettre à la justice le vrai rouleau de la Torah, ramené jadis de Jérusalem par son ancêtre, afin qu'il soit transmis à son véritable propriétaire, le père de Youssef en avait constaté la disparition. Tout le monde s'était mis à la recherche de cette Torah mais elle demeurait introuvable. Avec deux amis, je me rendis à la maison où habitait la famille de Youssef. La porte était grande ouverte, le père de Youssef, assis sur un bout de banquette encombrée par de nombreux tissus et couvertures, nous fit signe d'entrer. Le désordre que j'avais constaté lors de ma venue précédente était encore dépassé. Il n'était même plus possible d'avancer sans marcher sur un objet ou un vêtement. Dans un tel désordre une ânesse n'aurait jamais pu y retrouver son ânon. Toutefois, malgré sa dimension imposante, le rouleau de la Torah demeurait introuvable. Nous nous assîmes, là où c'était possible, afin d'écouter le père de Youssef qui, manifestement, désirait nous parler. Instruit par l'expérience de ma première rencontre, je l'écoutais en doutant de la véracité de ses paroles. Ma dernière conversation avec le directeur de discothèque m'avait ouvert les yeux sur leur conception erronée de l'origine et de la transmission de la Torah. Mais cette fois, en raison sans doute de la gravité des événements, les propos du père de Youssef paraissaient sincères :

– Lorsque j'ai appris à Youssef que le juge m'ordonnait de remettre notre rouleau de la Torah pour qu'elle soit transmise à celui qui l'avait achetée, il s'est mis à crier et à pleurer. Je ne pensais pas qu'il était aussi attaché à cette Torah, mais je ne le croyais pas non plus capable de s'enfuir en l'emportant. Pourtant, c'est ce que ma femme m'a raconté. Alors que je m'étais absenté un instant, il a profité de mon absence pour prendre le rouleau et partir en courant hors de la maison, malgré l'interdiction de sa mère. Où peut-il être maintenant ? Il faut que nous le retrouvions. Youssef ne doit pas être très loin, mais dans quelle direction est-il parti ?

Personne ne l'avait vu s'enfuir. La maison de ses parents se trouvait à l'extrémité de la palmeraie là où les terres plates des champs cultivés cèdent la place à des arêtes rocheuses plus ou moins hautes, des franges du Baní, qui occupent l'espace visuel et offrent de multiples possibilités de se cacher. Nous étions quatre adultes et chacun partit dans une direction différente à la recherche de Youssef et du rouleau de la Torah. Je choisis de partir vers le sud, c'était la région où il était le plus difficile de se cacher. Mais, connaissant l'intelligence de Youssef, je me dis qu'il avait dû partir dans cette direction car c'était celle à laquelle ceux qui devaient partir à sa recherche ne penseraient pas et qu'ils iraient sûrement vers la zone montagneuse où il était facile de se cacher.

Je partis donc vers le désert qui s'étend à l'infini vers le sud. La nuit commençait à tomber. Je fis des ablutions avec trois pierres et récitai la prière du Maghreb. À la fin de cette prière, je récitai la sourate « L'aurore » (113), comptant sur Allah et mes deux anges veilleurs pour me guider et me garder contre le mal de cette obscurité qui s'étendait. Maintenant que la lumière avait laissé place aux ténèbres, les sensations visuelles se trouvaient remplacées par des sensations auditives. Le pays autour de moi se remplissait de légers bruissements qui permettaient d'entendre toute la vie cachée du désert. Je revivais ces moments de joie profonde que j'avais connue enfant avec ma chèvre, je ressentais sa chaude présence à mes côtés.

Après avoir crié le nom de Youssef à gorge déployée, je compris toute l'incongruité de cette voix humaine totalement étrangère aux bruissements de la nature. Je pris le parti de me taire, je pensais fortement à Youssef et m'adressais en pensée aux êtres invisibles qui m'accompagnaient. C'est dans ce silence que j'entendis très loin sur ma droite un gémissement très léger et des pleurs.

Ceux qui me protégeaient m'avaient guidé dans le bon chemin. Je me dirigeais dans cette direction, à la lumière des étoiles car la lune n'était pas encore levée. Après une longue marche au milieu d'un terrain rocailleux, je découvris Youssef assis sur une grosse pierre, tenant entre ses bras le rouleau de la Torah, à la manière d'un fiancé serrant contre lui sa bien-aimée. Sans rien dire, je m'assis sur une autre pierre à proximité. Maintenant que je l'avais retrouvé, je n'avais rien d'autre à faire que d'attendre qu'il se confie. L'amour qu'il portait à sa Torah me paraissait être tellement plus intérieur et spirituel que ce que j'avais perçu en écoutant les deux juifs venus d'Israël. Nous restâmes ainsi un long moment en silence.

Puis, tout doucement, je répétais notre profession de foi :

> *Il n'y a pas d'ilah excepté Allah*
> *Muhammad est le messager d'Allah.*

Tandis que Youssef redisait, en dialogue avec moi :

> *Écoute Israël, Adonaï est notre Élohim*
> *Adonaï est Un.*
> [Deutéronome 6, 4.]

Dans cette solitude du désert, nous avions l'un et l'autre la certitude d'être entourés par une multitude d'êtres invisibles avec, au-dessus d'eux, la présence de Celui Qui est « akbar », le plus grand. Nous n'osions plus faire un geste tant cette présence nous cernait de toutes parts.

Le lever de la lune, une lune dans son dernier quartier, nous fit prendre conscience du froid et des réalités du moment. Il fallait rentrer. Grâce à la lune et aux étoiles, il nous était facile de revenir à Tintazart en nous orientant vers le nord. Nous marchâmes un long moment en silence. Peu avant d'arriver à la palmeraie, Youssef me fit signe de s'arrêter :

– Je voudrais te parler. Il faut que tu m'aides.

Nous avons trouvé un endroit où nous asseoir. Youssef tenait toujours pressée contre lui la Torah ramenée de Jérusalem par ses ancêtres. En me parlant, c'est à eux que Youssef s'adressait :

– Ce rouleau de la Torah n'est pas important pour moi parce que c'est un parchemin venant de Jérusalem, je suis incapable de le lire. Non, ce qui compte avant tout pour moi c'est le lien que me fait vivre ce rouleau avec tous ceux qui l'ont lu et qui, grâce à lui, ont vécu une relation d'amour avec Adonaï. Être séparé de cette Torah, c'est perdre le lien qui me relie à eux et donc perdre également le guide et la lumière qui m'aideront à vivre, moi aussi, ce lien d'amour avec Adonaï.

Il me fallait aider Youssef à se libérer de cet attachement à un parchemin qui, selon ma foi musulmane, n'était pas la transcription fidèle à ce qu'Allah avait transmis à Moussa. Aussi je lui parlais de la Torah céleste, en lien avec le Coran :

– Tu dois savoir qu'il y a pour nous guider vers Allah non seulement des livres écrits de la main des hommes mais aussi ce qui est auprès de Lui : la Table gardée avec soin (85, 22), le Fondement du Livre (3, 7). Allah nous en a transmis le contenu par des messagers envoyés vers les hommes à plusieurs reprises. Mais Allah le fait descendre également sur le cœur de ceux qui Le cherche et se laissent conduire par Lui. Ce message d'Allah est déjà descendu sur le cœur de tes ancêtres et les a guidés et éclairés bien mieux qu'un texte écrit par des hommes, si parfaits soient-ils. Tu sais bien que ce rouleau de la Torah, que tu tiens serré contre toi, a déjà été vendu par ton père sans être remis à son acheteur. Tu ne peux pas être d'accord avec ce que ton père a fait. C'est une forme de vol et ce n'est pas en agissant ainsi que tu pourras aimer Allah en vérité. Il est impossible d'aimer Allah sans avoir le cœur pur et sans être reconnaissant de tout ce qu'Allah fait pour nous dans sa miséricorde. Puisque tu sais lire l'arabe, je vais te donner un Coran, ainsi ce que tu ne pouvais pas connaître dans la Torah puisque tu étais incapable de la lire, tu le découvriras en lisant le Coran et, qui sait, tu te joindras, un jour, à notre communauté. Si tu le désires, je t'aiderai à le lire.

La réaction de Youssef à ma proposition de lire le Coran, et à la possibilité de devenir musulman, ne se fit pas attendre. Elle réveilla en lui une ardeur qui mettait fin à sa lamentation sur la perte de sa Torah :

– Pour moi, être fidèle à Adonaï, ce n'est pas changer de religion. Adonaï m'a fait naître dans une famille juive et, tant qu'Il ne m'aura pas indiqué Lui-même que je dois changer de religion, c'est Lui être infidèle que d'abandonner la religion de mes ancêtres. Mon amour pour Adonaï et mon acceptation de sa volonté sur moi ne peuvent se concilier avec le rejet de la religion de mes ancêtres. Il nous est dit dans la Torah : « Honore ton père et ta mère » (Exode 20, 12 ; Deutéronome 5, 16). Quitter la religion de ses parents est un manquement à l'honneur qui leur est dû et donc aussi une désobéissance à Adonaï. Je rapporterai la Torah pour qu'elle soit remise à celui qui l'a achetée, mais c'est dans la tradition de mes pères que je continuerai mon chemin dans l'amour d'Adonaï. Il est vrai que je suis très attaché à ce rouleau de la Torah. Mais, comme tu me l'as dit, Adonaï parle aussi à notre cœur et, en attendant d'avoir une Torah et de pouvoir la lire, je continuerai à suivre ce qui m'a été transmis par mon père et, à travers lui, par tous ceux qui m'ont précédé et qui ont dirigé leur vie selon la Torah. Mon amour d'Adonaï est un acte personnel. Je m'y suis engagé sans être déterminé par le sort qu'Adonaï me destine. Même s'il me condamne à la Géhenne, je continuerai de L'aimer.

Il n'y avait plus rien à dire. Youssef venait de me témoigner de son amour pour Allah, un amour aussi grand et aussi fort que celui vécu par les soufis. Un amour dans lequel il s'engageait totalement, jusqu'à s'y perdre lui-même. Par ailleurs, dans mon désir de venir en aide à Youssef, j'avais provoqué chez lui une réaction qui, au moins pour le moment, l'amenait à accepter la décision de justice ordonnant de remettre la Torah à son véritable propriétaire. J'accompagnai Youssef jusqu'à sa maison. Son père, qui toute la nuit avait veillé devant sa porte, nous accueillit avec un sentiment mélangé exprimant à la fois sa joie de retrouver son fils et une certaine déception que la Torah soit retrouvée. Je rentrai chez moi, plein d'admiration pour l'attitude et les convictions de Youssef.

Les deux juifs qui étaient venus revoir leur terre natale, repartirent le matin même. Leur voyage avait eu principalement pour but de retrouver cette Torah et de la ramener à son propriétaire. Nous n'entendîmes plus jamais parler d'eux, et le litige concernant l'héritage que le père de Youssef n'avait pas partagé avec d'autres ayants-droit resta en suspens.

6.

La vie ici-bas et l'autre vie

Mes échanges avec les deux juifs avaient profondément modifié mes connaissances et l'intérêt que je portais à la Torah. Leurs théories trop humaines me conduisaient maintenant à donner davantage d'importance à une relation envers Allah fondée sur l'amour, selon l'enseignement que j'avais reçu de certains soufis. Mais comment était-il possible de vivre cette relation d'amour envers Allah à partir de nos seules forces et des limites de notre existence créée ? Il me paraissait évident que cet amour ne pouvait naître en moi que s'il m'était donné par Allah Lui-même. Dans ce cas, que convenait-il de faire pour recevoir un tel don ? Comme jadis, pour la lecture du Coran, j'avais besoin de l'aide d'un soufi ayant déjà reçu cette faveur. N'ayant auprès de moi personne pour me guider, je m'abandonnais à la volonté d'Allah. C'est dans cet état d'esprit que je priais en redisant ce verset :

> *Dis : Il est mon Maître,*
> *Il n'y a pas d'autre dieu que Lui.*
> *Je me confie en Lui*
> *Et suis tourné vers Lui.*
> [13, 30.]

Je passais ainsi, dans mes heures de liberté, de longs moments à prier seul face au désert. Il y avait là dans cette nature sans limite une première image de l'infini qui m'aidait à méditer sur cet amour que je désirais vivre tout en sachant que j'en étais incapable. Dans la confiance, je m'en remettais à Allah pour m'aider et me guider.

Au milieu d'un après-midi, alors que je me trouvais seul dans le désert et que je terminais la prière de l''Asr, je vis venir à ma rencontre un homme du ksar d'Adis, membre de la zaouïa Sidi Mohamed d'Aït Ouzeggar. Après les salutations habituelles, il s'assit près de moi et, tout en s'excusant, m'expliqua qu'il avait dans le cœur de me confier ce qu'il avait découvert, lorsqu'il était jeune, au cours d'une randonnée dans la vallée du Draa, en compagnie de Monsieur Casanova.

J'acceptais immédiatement sa proposition, ne sachant absolument pas ce qu'il allait me dire.

Nous étions assis un peu à l'écart, face au désert. La douce lumière du soleil couchant enveloppait toutes les aspérités du paysage d'un vêtement léger, comme une jellaba bziwiya. Il parlait doucement, laissant ses souvenirs ressurgir à travers ses paroles :

– Il y a une trentaine d'années, au printemps, nous sommes partis à cheval, Casanova et moi, dans le but de découvrir les régions de la basse vallée du Draa, en dehors des pistes habituelles. Lors de la deuxième journée, nous avons chevauché à l'aventure, en laissant nos chevaux libres d'aller à leur guise. Une heure avant le coucher du soleil, nous avons mis pied à terre et après avoir libéré nos montures de leur harnachement, nous avons préparé le bivouac. Nous pensions être loin de toute présence humaine. Mais bientôt est arrivé vers nous un jeune homme, qui nous invita à venir loger chez ses parents qui habitaient un ksar situé derrière la colline qui fermait l'horizon vers le sud.

À la fois surpris et heureux de cette invitation, nous avons accepté. Remettant de façon sommaire nos affaires sur nos montures, nous l'avons suivi. Après une courte marche, nous sommes arrivés à un ksar dont Casanova et moi n'avions jamais entendu parler. Le jeune homme qui nous avait invités s'excusa de nous quitter un instant et nous laissa à l'entrée d'une ruelle au centre du ksar. Nous avons attaché nos chevaux et comme c'était l'heure de la prière du Maghreb, je cherchais où se trouvait la mosquée. Il y avait à proximité une construction avec un minaret, mais ce minaret ne portait pas de croissant ni les boules traditionnelles, j'aperçus cependant un mihrab. Mais je ne voulus pas me joindre à ceux qui y priaient car j'entendais, venant de ce que je pensais être la mosquée, une prière dont les paroles étaient très différentes des nôtres. Aussi je priais seul. Casanova et moi étions très surpris de ce que nous découvrions. Après un moment, les hommes sortirent. Un adulte et le jeune homme qui nous avait invités, son fils probablement, vinrent vers nous. L'homme nous salua d'une façon très simple et nous emmena chez lui. Il se conduisait avec une certaine retenue qui nous surprenait. Toutefois, arrivés dans sa maison, l'accueil fut chaleureux. Nous installâmes les chevaux dans une écurie où il y avait déjà des ânes. Après être entrés dans la pièce d'accueil, je lui présentais Casanova en précisant qu'il était un instituteur français venu enseigner à Tata, qu'il n'était pas musulman mais chrétien. Il s'en était déjà rendu compte et cela ne le surprit pas.

À la fin du dîner, l'homme qui nous avait accueillis nous fit comprendre qu'il serait heureux d'avoir un temps d'échange avec nous. Nous nous assîmes dans la pièce principale de la maison. Sans faire de préambule inutile, notre hôte introduisit le débat sur un sujet qui m'était familier car le Sheikh de notre zaouïa nous en avait déjà parlé : « Dans notre vie ici-bas est-il possible d'avoir envers Allah ce même amour que nous aurons pour Lui dans le Jardin ? Cet amour que nous aurons alors pour Allah peut-il être vécu dès maintenant ? »

La question posée par notre hôte m'avait déjà été posée par Sidi Mohamed le fondateur de notre zaouïa. Selon lui, les croyants peuvent, dès ici-bas, avoir pour Allah un amour semblable à celui que vivront les hôtes du Jardin. Cette doctrine, commune à d'autres soufis, est rejetée par les uléma. Car, pour eux, ce lien d'amour ne peut exister durant la vie ici-bas.

J'étais très intéressé par ces propos, mais la fatigue prit le dessus. Je laissais notre hôte et Casanova continuer leur échange et, m'allongeant sur une natte un peu à l'écart, je m'endormis rapidement. Cependant Casanova et celui qui nous avait accueillis passèrent une bonne partie de la nuit à parler ensemble, et lorsqu'il m'arrivait de me retourner dans mon sommeil je les entendais partager leurs points de vue avec beaucoup de sympathie.

Nous repartîmes tôt, le lendemain matin. En route, je voulus poser quelques questions sur ce ksar : ses habitants étaient-ils musulmans ou appartenaient-ils à une autre religion ? Mais Casanova resta silencieux sur ce qu'ils avaient échangé pendant que je dormais, toutefois il me promit de m'en parler lorsque nous serions de retour à Tata. Notre randonnée se poursuivit ainsi plusieurs jours, sans faire d'autres rencontres.

Nous sommes allés observer la crue du Draa qui se produit tous les sept ans. Un immense lac qui s'étendait au-delà de l'horizon occupait ce qui est le reste du temps un désert. Le vent soulevait de légères vagues qui s'irisaient sous les rayons du soleil. L'ensemble de cette masse d'eau ressemblait à un être vivant enveloppant et caressant la terre, comme pour la consoler des dures sécheresses des années précédentes.

Ce n'est qu'au retour que Casanova me confia le contenu de sa conversation lors de la nuit passée dans ce ksar inconnu. Il me demanda de ne le dire qu'à des personnes qui garderaient le secret. Je ne t'aurais rien dit si je n'avais pas dans mon cœur de te le confier, Allah est le plus savant.

Cette entrée en matière avait de quoi me surprendre. Qu'avait-il bien pu se passer cette nuit-là dans ce ksar perdu ? Il y avait cependant en moi une certitude : ce qui allait m'être dit constituait un élément de réponse à mon désir de vivre dès maintenant un amour personnel pour Allah.

– Et qu'est-ce que t'a dit Monsieur Casanova ?

– Ce que m'a raconté Casanova va te permettre de poursuivre ce chemin qu'Allah Lui-même a mis dans ton cœur. Mais il convient de protéger les habitants de ce ksar en ne divulguant pas leur existence. Aussi je te demande, au nom d'Allah, de garder le secret sur ce que je vais te dire.

– Sois tranquille, je te promets de n'en rien dire à personne.

– Voici ce que m'a dit Casanova : « Environ deux cents ans avant notre passage, des hommes étaient partis pécher près de l'embouchure du Draa, là où les poissons sont attirés par les alluvions que le fleuve déverse dans l'océan. Ils firent une bonne pèche et ils se préparaient à rentrer lorsque l'un d'eux aperçut, sur le sable, à une bonne distance, un homme qui avait été rejeté à terre par les vagues après que son bateau eût fait naufrage au large. Il était totalement épuisé, il n'ouvrit même pas les yeux lorsque des hommes s'approchèrent de lui. Presque inconscient, il fut ramené au ksar attaché sur le dos d'un âne. Cet homme portait une longue barbe, son crâne était rasé à l'exception d'un cercle de cheveux. Il portait pour tout vêtement une jellaba brune avec une capuche pointue, sa jellaba était serrée à la ceinture par une corde. C'était un Européen, et il demeura très longtemps dans une grande faiblesse, prononçant dans son sommeil des mots incompréhensibles. Soigné et nourri par les habitants du ksar, il reprit peu à peu des forces. Il apprit à parler la langue de ceux qui l'avaient recueilli et partagea leur vie. Le ksar, à cette époque comme aujourd'hui, était totalement isolé du reste du pays, et il était impossible au naufragé d'en partir. Il se conforma aux coutumes et aux traditions des hommes du ksar, mais refusa de se marier expliquant qu'il s'était engagé envers Allah à être totalement à son service, sans avoir d'épouse. Dans le travail, il remplissait toutes les tâches des hommes, mais il passait aussi de longs moments à prier, dans une attitude de recueillement qui impressionnait ceux qui le voyaient.

« Les habitants du ksar n'avaient reçu aucune formation sur l'islam, ils ne savaient même pas la Fatiha. Le naufragé leur expliqua qu'Allah était proche de chacun et qu'Il demandait de L'aimer de toutes ses forces et de s'aimer les uns les autres. Il leur enseigna une prière qu'il disait être la prière transmise par ʿIssa, une prière qui commence par les mots "Abbânâ" et, avec leur accord, versa de l'eau sur chacun en disant que, par cette eau, Allah leur pardonnait leurs fautes et les unissait à Lui pour toujours. Ils avaient conscience de ce que le naufragé leur avait enseigné n'était pas ce que vivent les musulmans, aussi décidèrent-ils de rester à l'écart des autres ksour et de garder le silence vis-à-vis de ceux qui viendraient chez eux. Ce que me dit Casanova me faisait enfin comprendre ce qui m'avait surpris lors de notre venue dans ce ksar. »

« Le naufragé était considéré par tous, hommes et femmes, comme un marabout. Quand ils lui avaient demandé son nom, il leur avait répondu qu'il était un Kaboushi. Après sa mort, les habitants du ksar construisirent une koubba sur sa tombe, en l'appelant Sidi Kaboushi. Depuis, ils continuent à dire ensemble la prière « Abbânâ », dans un lieu qui ressemble à une mosquée avec un minaret pour ne pas susciter l'étonnement de ceux qui pourraient venir chez eux. En certaines occasions, le plus âgé de la communauté verse de l'eau sur ceux qui veulent être pardonnés de leurs fautes et ils sont convaincus que, par ce geste, ils sont dès maintenant unis à Allah par un lien d'amour définitif. Dans leur vie quotidienne, ils s'efforcent d'aimer Allah le plus possible et de s'aimer les uns les autres. Depuis cette époque, les habitants du ksar ont toujours vécu en paix. Il n'y a jamais aucune dispute ni affrontement entre eux, mais une grande entente entre tous. »

Je ne suis jamais retourné dans cette région et, depuis trente ans, je n'ai eu aucune nouvelle concernant ce ksar. Je pense que ses habitants continuent de vivre de la même façon que lorsque j'y suis passé avec Casanova. Si personne d'autre n'est venu chez eux pour les faire embrasser l'islam, ils doivent continuer de pratiquer la démarche religieuse que sidi Kaboushi leur a enseignée. Puisque, depuis plus de deux cents ans, ils vivent en paix et dans l'amour, cela montre bien qu'ils sont guidés par Allah. Car telle est sa volonté, comme Il nous le dit dans le Coran :

> *Si ton Maître l'avait voulu*
> *Il aurait établi les humains*
> *En une seule communauté.*
> *Mais ils ne cessent de s'opposer*
> *Excepté ceux à qui ton Maître*
> *A fait miséricorde,*
> *Et qu'Il a créés pour cela.*
> [11, 118-119.]

Si Allah l'avait voulu, Il les aurait établis
En une seule communauté.
Mais Il fait entrer qui Il veut
Dans sa miséricorde.
[42, 8.]

L'entente et l'amour qu'ils vivent entre eux est le signe qu'Allah continue de les guider dans sa miséricorde. C'est aussi ce qu'Allah veut pour toi. Je t'ai confié mes souvenirs pour que tu continues de suivre le chemin par lequel Allah te guide et que tu prennes conscience des faveurs dont Il t'a comblé. Puisqu'Il t'a déjà donné ce désir de vivre dès maintenant dans l'amour pour Lui.

Le fondateur de notre zaouïa nous a enseigné que cela était possible durant la vie ici-bas. C'est également ce que vivent les habitants de ce ksar isolé. Sois donc certain que tu pourras, dès maintenant, vivre ce lien d'amour avec Allah, un lien qui demeurera ensuite lorsque tu seras avec tous ceux qu'Allah fera entrer dans le Jardin.

Sois donc reconnaissant envers Allah de ce désir qu'il a mis en toi. Continue ta route en te laissant guider par Lui. Ne cherche pas à imiter tel ou tel de ceux qui ont vécu avant toi ou autour de toi. Ce n'est pas en regardant derrière toi, ou encore à ta droite ou à ta gauche, que tu découvriras le chemin qui est devant toi. Ce chemin, Allah le connaît mieux que toi, laisse-Le te guider à travers les situations et les événements qui surviennent dans ta vie. Chacun de nous est une œuvre unique d'Allah. Remercie ton Maître de tout ce qu'Il a déjà voulu et accompli pour toi dans sa miséricorde.

La manière dont il prononça ces dernières paroles signifiait que l'échange était terminé. Nous avons récité ensemble la prière du Maghreb et il me quitta simplement en me demandant avec insistance de venir chez lui, dans une semaine, pour le repas du soir. Ce qu'il m'avait dit témoignait qu'il vivait pleinement cet amour envers Allah que j'avais déjà perçu à Fès, chez ce soufi qui priait de façon incessante, au fond de sa boutique.

Après cette rencontre, je passai une grande partie de la soirée en prière. Je me sentais habité par une force très différente de celle que j'avais ressentie dans mon enfance avec ma chèvre. Il ne s'agissait plus d'un lien avec le monde qui m'entourait visiblement, comme la nature ou les hommes. Non, cette force avait pour origine la miséricorde d'Allah, elle suscitait en moi un amour qui me dépassait et qui était entièrement tourné vers Lui. Poussé intérieurement par cette force, je récitai la sourate « Le clair matin » (93) où Allah fait connaître à Muhammad (S. B. sur lui) tout ce qu'Il a fait pour lui :

> *Par le clair matin,*
> *Par la nuit quand elle est calme,*
> *Ton Maître ne t'a pas délaissé ni pris en haine.*
> *L'autre vie est meilleure pour toi que la première.*
> *Bientôt ton Maître te comblera et tu en sauras gré.*
> *Ne t'a-t-Il pas trouvé orphelin et Il a eu pitié.*
> *Il t'a trouvé égaré et Il t'a guidé.*
> *Il t'a trouvé chargé de famille et Il t'a rendu riche.*
> *Aussi, l'orphelin, ne le maltraite pas.*
> *Le mendiant, ne le repousse pas.*
> *La faveur de ton Maître, raconte-la.*
> [93,1 -11.]

Ce qu'Allah avait fait pour son messager, en le comblant de ses dons, concernait sa vie sur la terre. C'est également ce que j'attendais qu'Allah fasse pour moi dans sa miséricorde. Cet amour envers Allah que je désirais tellement recevoir de Lui pouvait donc m'être donné dès maintenant. Mais, de mon côté, il était nécessaire que je ne sois pas encombré par l'attachement à des réalités terrestres. C'est ce qu'Allah nous enseigne dans le Coran :

Sachez que la vie ici-bas
Est jeu, divertissement, parure,
Vantardises entre vous,
Surenchère dans les biens et les enfants.
Elle ressemble à la nature après la pluie,
Sa végétation étonne les mécréants,
Puis elle se dessèche, tu la vois jaunir,
Enfin elle tombe en morceaux.
Dans l'autre vie il y aura
Un terrible châtiment
Et aussi un pardon d'Allah et une grâce.
La vie ici-bas n'est qu'un objet
Qui fait illusion.
[57, 20.]

Dis : si vous aimez vos pères, vos fils,
Vos frères, vos épouses, votre clan,
Des biens que vous avez acquis,
Un négoce dont vous craignez qu'il baisse,
Et des demeures que vous appréciez,
De préférence à Allah, à son messager,
Et à l'effort sur son chemin,
Soyez sur vos gardes
Lorsqu'Allah viendra avec son pouvoir.
Allah ne guide pas la foule des dépravés.
[9, 24.]

En réalité ce choix ne me demandait aucun effort. L'attirance vers Allah qui me brûlait au plus profond de mon être ne laissait plus de place pour un quelconque intérêt vers d'autres réalités que Lui.

Après la prière de l''Asha, je restais assis sur mon talon gauche, dans la position où j'avais terminé ma prière. Au fond de ma poitrine jaillissait une invocation pleine de désir, dans laquelle je répétais d'une voix douce et calme le nom d'Allah. Soudain je me sentis envahi par un sentiment de plénitude, qui dépassait tout ce que je pouvais concevoir. Ce sentiment suscita en moi une joie et une force intérieure, plus intenses et plus durables que tout ce qu'un homme peut ressentir ici-bas. L'intensité de cet acte d'amour envers Allah était sans commune mesure avec tout ce qui peut être vécu sur la terre, c'était une force que rien ne pouvait rompre. J'avais la certitude que, par cet acte d'amour, Allah me faisait entrer dès maintenant dans cette autre vie vers laquelle Il nous guide et nous entraîne. Ce que je découvris à ce moment dépassait tout ce que je pouvais connaître et désirer ici-bas.

Je revivais ce que j'avais appris dans le Coran :

L'attrait des passions séduit les humains :
Des femmes, des enfants,
D'énormes monceaux d'or, d'argent,
De superbes chevaux,

Des troupeaux et des champs,
Voilà l'objet de la vie ici-bas.
Allah, près de Lui,
Est le meilleur refuge.
[3, 14.]

Dans une démarche d'abandon et de confiance, j'étais totalement pris par cet amour pour Allah. Il m'était impossible de bouger ou de parler. Le feu de l'amour me faisait vivre une expérience jusqu'alors inconnue. Tout ce qui était autour de moi m'apparaissait rempli de cette même force d'amour envers Allah. Cela provoquait en moi un acte de reconnaissance si intense et si envahissant que j'en suffoquais. Combien de temps suis-je resté ainsi ? Je ne saurais le dire. Toutefois, le froid de la nuit me fit revenir à la réalité. Je rentrais chez moi comme un automate. Brisé de fatigue, je m'allongeais sur ma natte mais il me fut impossible de dormir, mon esprit étant entièrement pris par l'intensité et la nouveauté de ce je venais de vivre.

Ma vie d'enseignant reprit son rythme quotidien. Cependant il m'arrivait, à des moments imprévisibles, de revivre partiellement l'expérience de la présence d'Allah remplissant le monde de sa force d'amour et ce mouvement incoercible de reconnaissance envers le Créateur que cette perception déclenchait en moi. Mes élèves s'étaient rendus compte que je n'étais plus le même, et je paraissais, à de tels moments, être ailleurs. Certains auraient pu penser que mon attitude parfois étrange était due à l'absence de relations féminines. Il leur arrivait de me suggérer la rencontre de telle ou telle femme. Je les remerciais avec un sourire. Peut-être avaient-ils raison. Six mois s'étaient écoulés depuis mon mariage et le sort jeté sur moi par la femme au collier. J'étais maintenant libéré de toute menace. Selon la volonté clairement exprimée par mon père et les conseils qui m'étaient donnés par les uns et les autres, je devais me marier. Cependant, je ne voyais pas comment il me serait possible de concilier mon amour pour Allah avec l'amour pour mon épouse. Je pensais à la magnifique rétribution qu'Allah promet à ceux qui préfèrent l'autre vie en combattant pour Lui. Cette rétribution pourrait-elle être une épouse ? Dans ce domaine, je n'avais pas d'autre conduite à tenir que de me laisser guider et éclairer par Allah :

Que combattent sur le chemin d'Allah
Ceux qui échangent la vie ici-bas
Pour l'autre vie.
À qui combat sur le chemin d'Allah,

Qu'il soit tué ou qu'il soit vainqueur,
Nous lui donnerons
Une magnifique rétribution.
[4, 74.]

Prenant appui sur ce verset du Coran, je décidais de combattre dans le chemin d'Allah davantage que je ne l'avais fait jusqu'à présent, sans pourtant avoir une idée précise sur ce que pouvait être ce combat. Je comptais sur Lui pour me le faire découvrir.

Lors d'une des nuits qui suivit, je fis un rêve qui me marqua profondément. Dans ce rêve, je voyais deux hommes que je ne connaissais pas mais dont j'avais entendu parler. En écoutant leur dialogue, je découvris que l'un était le docteur Pierre Parodi et l'autre, un membre de la zaouïa Si Mohamed Mouloud de Tintazart. Ils étaient réunis au siège de cette confrérie et parlaient entre eux de l'amour pour Allah dans leur vie et de ce qui y faisait obstacle. J'entendais clairement leurs paroles comme si elles m'étaient dictées et même inscrites dans ma mémoire :

– Nous sommes souvent arrêtés dans notre amour envers Allah par les nombreux malheurs dont nous souffrons. Or ces malheurs ne surviennent pas par hasard, car tout ce qui survient sur terre n'existe que par la permission d'Allah. De tels malheurs ne sont pas uniquement dus à l'action des démons ni à celle des hommes qui agissent sous leur emprise. Ils ne sont pas, non plus, la conséquence des maladies qui frappent les hommes, les animaux et les plantes, ou encore dus aux conditions climatiques comme la sécheresse. Ils ne sont pas enfin la conséquence de notre ignorance sur les effets de nos actes. Non, chacun de nous, dans la mesure où il ne combat pas sur le chemin d'Allah et parce qu'il est dominé par ses désirs égoïstes, est lui-même la cause de ses propres malheurs. Il y a dans la vie ici-bas des situations où, entraînés par nos passions, nos jalousies, notre désir de posséder et de dominer les autres, ou encore en raison de notre ignorance, nous agissons de manière telle que nos actes produisent le malheur soit pour nous-mêmes, soit pour ceux avec qui nous vivons. C'est donc d'abord en nous-mêmes qu'il nous faut chercher les causes de nos souffrances pour ne plus en être la victime.

En entendant ces paroles, je revoyais, dans mon rêve, toutes ces situations que j'avais connues et qui avaient été source de malheur pour moi ou pour d'autres. Je me remémorais certains événements : le fqih partant avec l'argent de notre voisin, la cigogne tuée par les autres cigognes, la femme au collier que j'avais rencontrée uniquement pour satisfaire mes pulsions et que j'avais ensuite rejetée, Nour que je n'avais pas su prévenir du danger qui la menaçait, le père de Youssef ne donnant pas le véritable rouleau de la Torah à celui qui l'avait acheté. Tous ces événements renfermaient un enseignement pour me faire découvrir la responsabilité de chacun dans les malheurs des uns et des autres. Dans toutes ces situations, je comprenais qu'Allah me demandait de combattre sur son chemin.

À mon réveil, je pris conscience de l'effort qu'il me fallait accomplir. Il me revint alors en mémoire la sourate « As-tu vu ? » :

> *As-tu vu celui qui déclare*
> *Que le Jugement est un mensonge ?*
> *Celui qui écarte l'orphelin de son dû,*
> *Qui n'incite pas à nourrir le pauvre.*
> *Malheur à ceux qui prient*
> *Et qui font leurs prières en jouant*
> *Ce sont de faux dévots*
> *Qui proscrivent toute œuvre bonne.*
> [107, 1-7.]

Cette parole d'Allah apportait une réponse à ce que je désirais savoir. Le combat sur le chemin d'Allah ne consiste pas dans des actes purement religieux, mais dans l'aide que nous devons apporter à ceux qui sont proches de nous et attendent cette aide. Il ne s'agit pas seulement des orphelins et des pauvres, mais de tous ceux que nous rencontrons comme Allah nous le rappelle :

Ceux qui craignent seront
Dans des jardins avec des sources
Recevant ce que leur Maître leur donne.
Car, auparavant, ils faisaient le bien,
Ils dormaient peu durant la nuit
Et imploraient le pardon dès l'aube.
Sur leurs biens, ils faisaient droit
Au mendiant et au déshérité.
[51, 15-19.]

Allah nous précise tous ceux à qui revient de droit cette aide par laquelle nous combattons sur son chemin :

Car les dons volontaires sont pour :
Les pauvres et les nécessiteux,
Ceux qui en assurent le service,
Ceux dont les cœurs ont été gagnés,
Ceux qui sont esclaves, débiteurs,
Qui avancent sur le chemin d'Allah
Et enfin le voyageur.
C'est un précepte venant d'Allah,
Allah est savant et sage.
[9, 60.]

Il est vrai que cela demande un effort certain. Le combat sur le chemin d'Allah implique un engagement qui nous met parfois en situation d'être incompris par ceux qui vivent près de nous. C'est ce qu'Allah nous rappelle en nous demandant d'avancer sur la voie qui monte :

> *Nous lui avons indiqué les deux voies.*
> *Mais il méprise celle qui monte.*
> *Comment peux-tu savoir*
> *Quelle est celle qui monte ?*
> *C'est racheter un captif,*
> *Ou nourrir, un jour de famine,*
> *Un orphelin du voisinage,*
> *Ou un pauvre dans la misère.*
> [90, 10-16.]

Par ailleurs, dans les traditions reçues de Muhammad (S. B. sur lui), il nous est rappelé que le combat pour la Parole d'Allah est supérieur à tous les autres :

> Un homme vint trouver le Prophète et lui dit : « Il y a des hommes qui combattent pour le butin, d'autres pour la gloire, d'autres par ostentation. Mais quel est celui qui se trouve sur le chemin d'Allah ? » Le Prophète lui répondit : « Celui qui

combat pour que la Parole d'Allah soit au-dessus de tout, celui-là est sur le chemin d'Allah[1]. »

C'est de cette manière que, dès maintenant, il nous est possible de vivre l'autre vie, comme nous le rappelle cette sentence que nous avons reçue de Muhammad (S. B. sur lui) :

Comporte-toi à l'égard de ta vie ici-bas
Comme si tu devais vivre toujours
Et comporte-toi à l'égard de ton autre vie
Comme si tu devais mourir demain.

Cette sentence nous dit clairement que la vie ici-bas et l'autre vie ne doivent pas être séparées et qu'il convient de les vivre ensemble. Toutes les deux sont importantes, chacune dans son domaine, avec des modalités qui leur sont propres. En ce qui concerne notre vie ici-bas, elle se réalise dans des actes communs à tous : assumer pleinement la vie du musulman guidé par Allah, travailler pour subvenir à nos besoins et à ceux de notre famille, prendre en charge l'éducation de nos enfants. Par contre, l'autre vie consiste à donner à ceux qui sont près de nous ce qui est nécessaire pour vivre et qu'ils n'ont pas :

1. *Les Traditions islamiques*, titre 56, chapitre XV.

Les biens et les enfants
Constituent la parure de la vie ici-bas.
Mais les actes bons qui demeurent
Auront, près de ton Maître,
Une meilleure récompense
Et sont une meilleure espérance.
[18, 46.]

Ou encore :

Je m'adresse à ceux qui croient :
Que vos biens et vos enfants
Ne vous écartent pas du souvenir d'Allah.
Celui et ceux qui font cela
Sont mis au rebut.
[63, 9.]

Je comprenais que le combat sur le chemin d'Allah consiste à être fidèle dans tous nos actes à la Parole d'Allah, en venant en aide, de préférence, à ceux qui en ont besoin, comme mon père me l'avait transmis en me citant le dicton : « Cette personne est comme toi, elle a un père et une mère. » Jusqu'à nous priver de ce qui est nécessaire :

Ils donnent la préférence aux autres
Fussent-ils eux-mêmes dans la gêne.

Bienheureux celui qui se garde lui-même
De toute avarice.
[59, 9.]

C'est dans cet état d'esprit que je me rendis chez cet ami de Monsieur Casanova, appartenant à la zaouïa d'Adis, qui m'avait invité huit jours plus tôt à venir dîner chez lui. Sur le chemin je rencontrais le père de Youssef, sur le moment je pensais l'éviter et j'allais passer sans le regarder. Mais il me revint en mémoire ce qui était arrivé dans une situation semblable à Muhammad (S. B. sur lui). Alors qu'il était en conversation avec un notable de La Mekke, un aveugle était venu le trouver. Comme notre Prophète était sur le point de le laisser à l'écart, Allah lui fit prendre conscience de son attitude :

Il a froncé les sourcils et s'est détourné
Lorsque l'aveugle est venu vers lui.
Qu'en sais-tu ? Peut-être il deviendra juste
Ou il se souviendra, et ce souvenir lui profitera.
Alors que celui qui n'a besoin de rien
Tu l'accueilles favorablement.
Ce n'est pas ton affaire s'il ne devient pas juste.
Alors que quelqu'un est venu vers toi
Il recherche. Il appréhende.
Et toi, tu t'en écartes.
[80, 1-10.]

Aussi je pris le temps d'écouter le père de Youssef :

– Je voulais vous remercier de votre présence auprès de mon fils et de ma famille dans une situation si difficile. Si cela vous convient, pourriez-vous revenir prochainement chez moi pour que nous puissions échanger sur la Torah et sur le Coran. La conduite de ces deux juifs venus d'Israël m'a profondément déçu. Je ne me sens plus solidaire de personnes qui n'ont tenu aucun compte de ma situation ici. Aussi je compte beaucoup sur votre amitié.

Je lui promis de venir prochainement le voir. Manifestement cet homme était en recherche, comme l'aveugle venu vers Muhammad (S. B. sur lui). Allah était en train de donner forme à ma proposition faite à Youssef d'apprendre le Coran.

Arrivé à Adis, chez celui qui m'avait invité à dîner, son accueil fut chaleureux, au-delà des attitudes habituelles, comme si j'étais pour lui quelqu'un d'important et non un modeste instituteur. Manifestement, son invitation comportait une intention que j'ignorais et qui lui tenait à cœur. Le repas fut simple, nous étions en tête à tête. Une jeune femme apporta les plats, de façon très discrète en ne posant même pas son regard sur moi, et un jeune garçon, que je ne connaissais pas, sans doute un de ses fils, nous prépara un thé que je trouvais amer et très fort, à la manière des nomades.

Après avoir bu le thé, celui qui m'avait invité me demanda s'il pouvait me poser quelques questions. Je m'attendais à des questions sur ma vie de célibataire, sur le fait que je ne vivais pas au sein d'une famille, car de telles situations font l'objet de suppositions variées et parfois malveillantes. C'est d'ailleurs dans ce but que je faisais en sorte que tous les habitants du ksar puissent me voir dans mes allées et venues de chez moi à l'école et constatent que je ne recevais jamais personne dans ma maison après la tombée du jour. Ils pouvaient tous constater que j'accueillais uniquement des élèves et que ceux-ci n'étaient jamais seuls mais en groupe d'au moins trois ou quatre, car dans ma situation il ne fallait pas que ma conduite puisse donner prise à des jugements sur ma vie personnelle, en particulier à propos de rencontres avec des femmes.

En fait, la question était apparemment différente :

– J'ai constaté que tu étais un musulman fidèle. Tu viens régulièrement à l'une ou l'autre des prières à la mosquée et nous te voyons très attentif pour écouter la khotba du vendredi. Nous sommes plusieurs à désirer que tu fasses toi-même cette khotba, car je ne sais qu'elle est ton opinion sur ce sujet, mais il y a des vendredis où ce qui nous est dit n'est qu'une répétition de formules et de sentences que nous connaissons depuis notre jeunesse. Aussi quelques-uns d'entre nous avons pensé que tu pourrais à l'occasion nous expliquer tel ou tel passage du Coran et nous aider à réfléchir sur ce que nous devons faire pour être de bons musulmans. Nous savons que tu donnes beaucoup de ton temps à former les élèves qui suivent les cours de notre école, mais ce ne sont pas seulement les jeunes qu'il faut former, ce sont aussi ceux qui n'ont pas eu la chance d'apprendre ce que est maintenant enseigné aux jeunes.

Cette demande n'était manifestement qu'une première démarche et les gestes de mon interlocuteur laissaient entendre qu'il désirait m'entretenir d'autre chose mais qu'il attendait que j'aborde le vrai sujet de notre échange. En fait, dans la mesure où il est préférable que la khotba soit prononcée par un musulman qui assume pleinement sa religion en étant marié, cette invitation à prononcer la khotba impliquait que je me marie. J'avais donc été invité pour parler mariage. C'est pourquoi je lui répondis en engageant la conversation sur ce sujet :

– Il est vrai qu'à l'époque de Muhammad (S. B. sur lui), notre Prophète a permis à l'un de ses premiers disciples qui n'était pas marié de prononcer la khotba, mais il est habituel que cette khotba soit proclamée par un musulman marié. Tout le monde sait que je me suis marié juste avant de venir à Tata et que malheureusement mon épouse est morte avant de me rejoindre, je vis donc en célibataire. Aussi, avant d'accepter de venir prononcer la khotba dans votre mosquée, il serait bon que je mette fin à ma situation actuelle de célibataire involontaire et que j'épouse une bonne musulmane de façon à remplir pleinement les conditions requises pour assurer cette prédication.

Le sourire discret de mon hôte me fit comprendre que c'était bien là le sujet sur lequel il désirait m'entretenir. Toutefois il ne voulut pas me partager immédiatement ses intentions personnelles et il me répondit d'abord sur le premier point de mon propos :

– Ce que tu viens de me dire justifie la demande que je t'ai faite au nom de plusieurs hommes de notre ksar de venir assurer la khotba du vendredi. Sans avoir suivi les cours qui auraient fait de toi un ʿalem, tu connais le fiqh aussi bien qu'eux. Il est vrai également que tu vis comme un célibataire isolé, un zoufri, mais ta conduite est celle d'un ʿazri. Tu peux donc dès maintenant prononcer la khotba à la mosquée. Cependant, si tu le désires, je peux t'aider à trouver une nouvelle épouse. Elle est un peu plus jeune que toi, et je peux t'assurer que, ma femme et moi, nous avons tout fait pour que notre fille soit une épouse fidèle et une bonne mère de famille.

Je me trouvais devant cette proposition dans une situation semblable à ce que j'avais déjà vécu avec mon père l'année précédente. Celle que son père me proposait comme épouse m'était totalement inconnue, et il en était de même maintenant. Sa fille que mon hôte me proposait d'épouser était sans doute cette jeune femme qui, en toute discrétion, avait apporté les plats. Quoi qu'il en soit, dans une attitude de soumission et de confiance inconditionnelle à la volonté d'Allah, j'acceptais déjà dans mon cœur de recevoir cette épouse. Comme la fois précédente où mon père m'avait parlé de mariage, je demandais :

– Comment s'appelle-t-elle ?

Avant même la réponse, j'entendis tout près de moi le bêlement de ma chèvre, un bêlement de joie et de triomphe.

– Elle s'appelle Jedya.

Je faillis éclater de rire, mais je me retins. À Tata, personne ne connaissait mon surnom de Fils de la chèvre, et j'étais maintenant invité à épouser une femme que ses parents avaient appelée « Chevrette ». Même si j'avais réussi à garder mon sérieux, mon hôte se rendit compte que ce nom avait suscité chez moi une réaction, mais il n'en dit rien. La conversation se poursuivit sur les modalités de ce mariage : la meilleure date pour faire venir ma famille, les éléments de la dot, ce qu'il m'offrait pour notre installation à Tintazart, et surtout la place que j'aurais dans sa famille.

Je le quittais tard dans la soirée. J'étais à la fois heureux et cependant inquiet de la réaction de mon père en apprenant ce mariage. J'y fis allusion dans une lettre envoyée quelques jours plus tard, et je reçus une réponse rassurante, mon père comptait venir prochainement à Tata pour « avoir la joie de découvrir le pays où je vivais ».

En attendant cette visite, je me préparais à cette nouvelle vie. Les projets ne manquaient pas. Je vivais jusqu'à présent avec le minimum d'objets dans mon logement. Il allait me falloir organiser ma maison pour que Jedya y soit heureuse. Je me confiais entièrement à la volonté d'Allah et à sa miséricorde, afin que ce nouveau mariage ne soit pas détruit, comme le précédent, par la jalousie d'une quelque autre personne.

7.

B-esSlama Habiba

Je pensais profiter des vacances de printemps pour mieux m'installer, préparer mon mariage et surtout passer de longs moments en prière face au désert. Tous ces projets furent bouleversés par l'arrivée imprévue d'un groupe de cinq enseignants venant de Rabat.

Ils débarquèrent sans que personne ne soit prévenu, à bord d'une voiture tout-terrain, la veille du premier jour de congé. Un responsable de Rabat qui connaissait notre directeur leur avait simplement suggéré de faire appel à son hospitalité. Ils avaient comme projet de découvrir la basse vallée du Draa. Ils arrivèrent vers la fin de la journée. Un de nos élèves, rencontré sur la piste, les conduisit à notre école. Devant cette arrivée imprévue, notre directeur qui ne pouvait accueillir que deux personnes, fit appel à moi pour héberger les trois autres voyageurs, car dans ma maison deux pièces restaient vides, et je n'en faisais aucun usage. Il me demanda d'accueillir chez moi un couple, composé d'un marocain et d'une française, et leur amie, Habiba, une enseignante célibataire. Il fut convenu que tous les repas seraient pris ensemble chez le directeur. Je demandais rapidement à des voisins de me prêter trois nattes et des couvertures que je disposais dans les deux chambres disponibles.

À l'heure du dîner, après la prière du Maghreb, je me rendis chez le directeur où nous dînâmes tous les sept avant de revenir chez moi accompagné de mes trois voyageurs. Compte tenu de la prudence avec laquelle j'avais jusqu'à présent écarté les femmes de mon domicile, cet accueil n'était pas sans me préoccuper. Tout le ksar allait savoir qu'une femme avait passé la nuit chez moi. Mais il m'était impossible de refuser ce service. Je m'efforçais d'être le plus réservé possible, surtout à l'égard de Habiba. Arrivés chez moi, je leur préparai une infusion de lwiza que nous avons l'habitude de boire avant de nous coucher, mais ils laissèrent leur verre presque plein. Manifestement la lwiza n'était pas leur boisson favorite.

Durant mes études au collège et à l'école d'instituteurs, je dormais sur un matelas, mais dès mon retour chez mon père et ici, à Tata, je me sentais plus à l'aise en dormant sur une natte posée à terre, enroulé dans une couverture. J'avais donc organisé les deux chambres avec des nattes et des couvertures. J'installais le couple dans une chambre et Habiba dans l'autre. Ils y apportèrent leurs affaires. Je m'assurai que rien ne leur manquait et rentrai dans ma chambre pour prier dans le calme, ne voulant pas imposer la prière à mes hôtes. Quelques minutes plus tard, quelqu'un frappait à ma porte, c'était le mari de la Française :

– Excuse-moi. Ma femme n'a pas l'habitude de dormir sur une natte à même le sol. Est-ce que tu aurais un matelas ?

– Nous avons l'habitude de dormir ainsi. Il n'y a chez moi que des nattes, une mayda et quelques coussins. Je ne possède pas de matelas, d'autant que les matelas en mousse de plastique que l'on peut se procurer ici sont très inconfortables avec la chaleur.

– Si tu veux bien, je vais prendre tes coussins ; en les mettant côte à côte, je vais faire un matelas pour ma femme.

Je lui donnais les quatre coussins, achetés dès mon arrivée à Tata et il les emporta dans la chambre. Mais elle dut dormir beaucoup moins bien que sur une natte. Je n'osais pas lui dire que les nattes sur lesquels ils dormaient n'étaient pas à moi, mais que je les avais empruntées à des voisins avec les couvertures.

Le lendemain matin, il pleuvait, ce qui n'est pas rare au printemps. Nous retournâmes tous les quatre chez le directeur prendre le ftour. Nous fûmes accueillis dans la pièce où avait dormi l'autre couple qui était resté sur place. Il y avait là deux banquettes adossées au mur, recouvertes d'un matelas en mousse de plastique. À la vue de ces banquettes, la Française qui avait logé chez moi exprima sa déception :

– Je ne pensais pas que certains puissent encore dormir par terre sur une natte. Vous, au moins, vous avez dormi correctement.

Manifestement elle avait mal dormi et elle m'en tenait pour responsable. Mais le ftour était servi et personne ne releva ses propos. Lorsque nous sommes autour d'une mayda garnie, nous ne parlons pas, nous mangeons. Cependant je pensais en moi-même qu'avec une telle épouse, la vie quotidienne ne devait pas toujours être facile pour son mari.

En raison de la pluie, nos voyageurs décidèrent de se remettre des fatigues de la route de la veille et de reporter de quelques heures le circuit qu'ils comptaient faire dans la basse vallée du Draa. Devant cette décision, le directeur ne laissa paraître aucune contrariété, les règles de l'hospitalité nous font accepter avec le sourire ce qui constitue parfois une lourde charge. Comme il ne pouvait pas demeurer en permanence près de ses hôtes, il me demanda de bien vouloir passer la matinée avec eux et de leur décrire les aspects originaux de la région. Fier de ma nouvelle fonction, je me mis à faire un cours d'histoire et de géographie :

– L'ensemble des ksour de la région de Tata s'étale au nord et au sud du khneg d'Adis, par lequel trois oueds traversent le jbel Baní : l'oued Tata, l'oued Toug er Rih et l'oued Adis, pour ensuite se joindre à l'oued Draa. Le ksar de Tintazart, où nous sommes, est construit sur une arête montagneuse que nous appelons la Tête du serpent, Irf Ouzelag. Jadis, Tata était le lieu de départ et d'arrivée des nombreuses caravanes en direction ou en provenance du Soudan, en particulier la région de Tombouctou. Au pied du ksar de Tintazart existait un mellah important, les juifs avaient une part active dans ce commerce des caravanes. Aujourd'hui, sans la marche verte de 1975, Tata serait une région dépeuplée. De nombreux habitants sont partis travailler dans la région de Casablanca, ou à l'étranger, et beaucoup de juifs ont émigré vers la Palestine autour des années 1970. Heureusement est venue habiter ici toute une population de militaires et de fonctionnaires qui maintient une certaine activité dans l'agriculture et le commerce. Mais les deux souks d'Afra et d'Adis ont perdu beaucoup de leur animation. Nous subissons les effets de la sécheresse. La surface des terres irriguées diminue d'année en année. Dans les puits, l'eau est de plus en plus profonde et les oueds sont souvent à sec. Comme dans d'autres régions en bordure du désert, il faudra, dans quelques années, amener à Tata l'eau et toute l'alimentation. Alors ne pourront plus vivre ici que ceux qui recevront l'argent des travailleurs émigrés ou les salaires du Makhzen.

Les cinq Rbatis m'écoutaient avec une certaine attention mais leurs gestes me laissaient entendre que ce que je disais ne les intéressait pas et qu'ils désiraient plutôt parler d'eux. Aussi, je cherchais un moyen de leur laisser la parole afin qu'ils s'expriment en donnant les vraies raisons de leur venue, car la découverte de la basse vallée du Draa n'était qu'un prétexte. Laissant de côté la description de Tata, je changeais de sujet et les interrogeais :

– Nous sommes ici au bout du monde et nous n'avons que peu de nouvelles de ce qui se passe ailleurs, en particulier à Rabat et dans les grandes villes. La région de Tata est une région éloignée et ce que nous y vivons n'a pas changé depuis des siècles. Nous sommes loin des mouvements de la société moderne. Vous avez pu constater, à votre regret, que nous préférons dormir sur des nattes. Puisque vous venez de Rabat, qu'y a-t-il de nouveau dans le domaine de la culture et de la vie sociale là-bas, dans le nord ?

Je venais juste de poser cette question lorsque le directeur, qui était allé acheter ce qu'il fallait pour le déjeuner, se trouva de retour. Nous vîmes à l'état de ses vêtements que la pluie n'avait pas cessé. Il vint se joindre à nous et, dès qu'il fut assis, Habiba se lança dans un discours qui, dans sa forme, était une improvisation, mais qui, dans le fond, témoignait d'un engagement profond et volontaire, qui constituait la vraie raison de sa venue ici :

– Nous appartenons tous les cinq à un mouvement qui s'est donné comme objectif de réaliser une transformation profonde de la vie politique marocaine. Nous avons appelé notre mouvement « Tabaddoul ». Il s'agit pour nous, en faisant usage de tous les moyens dont nous disposons, en commençant par les élections au plan local et au plan national, de mettre en place des structures politiques et économiques par lesquelles nos concitoyens accéderont à une vie meilleure. Il existe déjà des groupes appartenant à notre mouvement dans presque tous les vilayets, vous êtes le dernier vilayet où notre mouvement n'est pas représenté. Comme des élections doivent avoir lieu bientôt, nous désirons rencontrer des personnes qui partagent notre idéal et puissent travailler ici dans la ligne de notre mouvement.

Il y avait là un appel à les rejoindre pour construire ensemble cet avenir où tous les Marocains seraient heureux. Cependant, Habiba avait parlé avec une emphase un peu forcée et nullement convaincante. Elle avait manifestement été envoyée en mission de propagande dans notre région, et l'emploi du terme vilayet montrait que ce mouvement Tabaddoul, ou au moins elle-même, était en lien avec la Turquie. Faisant appel intérieurement à ma chèvre, à ma mère et à Nour, je compris qu'il me fallait rester sur le qui-vive. Mes trois amies me lancèrent ensemble un « bêê » qui, tout en me mettant en garde, me réchauffait le cœur.

Avant même que je réponde, le directeur intervint avec cette même force dont il avait fait preuve lorsqu'il m'avait répondu au sujet des juifs :

– Pourquoi voulez-vous transformer notre société ? Notre pays s'est trouvé organisé en une communauté équilibrée et respectueuse de chacun grâce à la venue de l'islam il y a mille quatre cents ans. Vous prétendez transformer notre société pour améliorer nos conditions de vie. Mais sur quelles bases allez-vous la transformer ? Il ne peut y avoir, pour la vie en société, de meilleurs fondements que ceux qu'Allah nous a donnés. Vous trouvez que notre société ne permet pas à tous d'être heureux, la raison en est simple : nous ne vivons pas en mettant en œuvre les règles sociales et économiques qu'Allah nous a enseignées dans le Coran. Commençons par appliquer ce qu'Allah nous a dit et notre communauté vivra de façon heureuse et harmonieuse. Dans la mesure où vous voulez organiser notre société sur de nouveaux principes, vous prétendez que ce que nous avons vécu dans le cadre de l'islam n'a aucune valeur. Ce n'est pas en refusant ce qui a constitué la structure de notre communauté depuis son origine que vous pouvez bâtir son avenir. Quel est le maçon qui, pour surélever sa maison, construirait des murs qui ne reposeraient pas sur ceux qui existent déjà ?

Je pensais que cet argument allait les faire taire un moment, mais la réplique lui fut donnée presque aussitôt par le mari de la Française :

– Votre argument ne correspond pas à la réalité. Dans toutes les régions du sud, lorsqu'une kasba est hors d'usage, la coutume veut qu'elle ne soit pas restaurée mais qu'une kasba neuve soit construite à proximité. Notre société marocaine actuelle ressemble à une vieille kasba délabrée, ce n'est pas à partir de ce qui est fragilisé et prêt de tomber que nous pourrons construire une société qui réponde aux exigences de nos concitoyens et qui tienne compte des conditions de la vie actuelle. Notre mouvement Tabaddoul a pour but de construire une nouvelle société, sur le modèle de ces sociétés occidentales qui ont mis en œuvre des techniques et des moyens de production face auxquels l'islam ne peut apporter de réponse puisqu'il a été institué à une époque où tout cela n'existait pas. La situation actuelle du Maroc montre de façon évidente que l'islam est incapable de faire face aux nouvelles conditions d'existence de nos contemporains. Il existait peut-être, et encore, cela est loin d'être certain, une forme d'équilibre et de justice sociale dans la société marocaine avant l'instauration du protectorat. Mais, depuis l'arrivée de ces monstres du capitalisme, les conditions de vie de la grande majorité des Marocains n'ont cessé de se dégrader. Et ce n'est pas en revenant au passé que nous pourrons renverser cette évolution. Ne dit-on pas à tout propos : « Elli fate mate », ce qui est passé est mort. Les structures de la société islamique font partie du passé et comme tel, elles sont mortes ou en train de mourir ; il est donc urgent d'en construire de nouvelles.

La réponse du directeur ne se fit pas attendre :

– Votre raisonnement est doublement faux. Tout d'abord, une kasba n'est pas un élément permanent de notre existence, les maisons sont comme les vêtements, il est normal d'en changer. Alors que les règles morales religieuses que nous donne l'islam sont nécessaires à notre vie et elles n'ont pas à s'adapter à nous, c'est nous qui devons nous adapter à elles. Mais il faut aller plus loin, l'islam n'est pas une réalité humaine qui a commencé à telle ou telle époque, avant ou après le capitalisme et le monde moderne. L'islam a pour fondement le Coran qui est la Parole éternelle d'Allah. Cette Parole est au-dessus de toutes les époques humaines et ne dépend pas d'elles.

C'est pourquoi le Coran apporte une réponse à toutes les questions que les hommes peuvent se poser, quelles que soient leurs conditions de vie et l'époque où ils vivent. Le Coran est pour tous les hommes le guide et la lumière qui leur permettront d'avancer dans le droit chemin. Ceci se vérifie dans le fait que le Coran apporte des réponses claires et précises face au capitalisme et face au marxisme. Contrairement à ce qu'écrit Maxime Rodinson, l'opposition fondamentale de l'islam au capitalisme n'est pas un mythe. Les deux fondements du capitalisme la plus-value et l'intérêt usuraire, sont clairement condamnés par le Coran :

Ce qu'Allah a attribué à son messager
Comme butin sur le peuple des cités,
Est pour Allah, pour son messager,
Pour les proches, les orphelins,
Les pauvres et les voyageurs
Pour qu'il ne revienne pas à ceux
D'entre vous qui sont riches.
[59, 7.]

La fin de ce verset est une condamnation de toute accumulation des biens. Quant à l'intérêt usuraire, il est condamné en de nombreux versets tels que celui-ci :

Ceux qui se nourrissent de l'usure
Ne se dresseront pas autrement
Que se dresse celui que Satan
Agresse en le touchant.
Il en est ainsi parce qu'ils disent :
Le commerce est semblable à l'usure.
Allah a déclaré le commerce licite
Et l'usure illicite.
[2, 275.]

Les études ne manquent pas sur ce sujet, en particulier celles de Si Allal el Fassi. Dans sa théorie de l'égalitarisme, fondée sur le Coran et sur la Tradition, Si Allal apporte les fondements, selon l'islam, de la fraternité, l'entraide sociale, l'humanisme, et du rejet de toute forme d'exploitation entre les hommes. Face aux antagonismes sociaux engendrés par le capitalisme et que le marxisme s'efforce en vain d'éliminer, Si Allal propose ce qu'il appelle la « coordination des classes » afin de promouvoir la justice et la paix sociales.

Tout en paraissant écouter ces propos, Habiba s'était rapprochée de moi, par derrière. Alors que personne ne faisait attention à nous, elle glissa sa main droite sous ma chemise et se mit à me caresser doucement la poitrine. Elle ne me regardait pas, comme si son geste devait rester invisible. Mais ses caresses, porteuses d'un désir amoureux, provoquaient en moi une émotion sensuelle que j'avais du mal à contenir. Comme le directeur finissait son intervention, pour ne pas risquer que quelqu'un voie son geste, elle retira sa main et me chuchota à l'oreille : « Ce soir. » Ce qui ne fit qu'exciter en moi un désir qu'il me tardait de satisfaire. Quoi qu'il en soit, il me fallait attendre que nous soyons revenus chez moi. Bien que je ne sois pas encore engagé vis-à-vis de Jedya, ma conscience n'était pas en paix. Une nouvelle fois je me trouvais dans un choix dont je n'étais pas maître, confronté à des propositions difficiles à concilier. Selon mon habitude, je demandais aux trois, ma mère, ma chèvre et Nour, de m'aider.

Cette fois, ce fut Nour qui me répondit et me suggéra qu'il me fallait d'abord, avant tout acte amoureux, parler tranquillement avec Habiba en tête à tête. Je continuais de participer à la suite de cette discussion, mais mon esprit était accaparé par ce geste de Habiba et la suite qu'il pourrait avoir.

L'enseignant, qui logeait chez le directeur, était resté jusqu'à présent silencieux, mais la référence aux doctrines de Si Allal el Fassi suscita chez lui une vive réaction car il s'agissait là, semblait-il, d'un sujet qu'il connaissait bien :

– Cette thèse de la « coordination des classes » fait abstraction de la réalité sociale et historique. Elle ne sert qu'à masquer l'exploitation capitaliste et contribue à mystifier ceux qui sont démunis des moyens de production. Le partage entre les ouvriers et le capitaliste, qui est présenté comme la pierre angulaire de sa thèse, concerne uniquement les surplus dégagés par les grands travaux. Un tel partage ne modifie en rien la nature du capitalisme et laisse à la bourgeoisie moyenne tous les profits que lui procure une économie de marché qui est, elle aussi, capitaliste. Contrairement à ce que vous venez d'affirmer au nom du Coran, un système économique présenté comme fondé sur l'islam se concilie très bien avec le capitalisme d'une bourgeoisie moyenne qui entend conserver ses avantages et prend place peu à peu dans le monde des grandes entreprises. L'autorité du Coran, si divine soit-elle, n'a pas permis d'empêcher la mise en place d'une économie typiquement capitaliste. Dans la mesure où le Coran n'a pas été en mesure, dans un passé récent, de faire obstacle à l'installation et au développement du capitalisme, il est encore moins capable de mettre fin à ce système d'exploitation et de lutte des classes qui domine maintenant dans notre pays. Voilà pourquoi nous avons décidé de nous engager afin de promouvoir une société selon le modèle marxiste, en laissant de côté ce que l'islam et le Coran enseignent aux hommes.

La Française voulant montrer qu'elle était partie prenante de cet engagement prit la parole afin de bien montrer qu'elle avait, elle aussi, réfléchi à cette question :

– Si le Coran énonçait des règles précises en ce qui concerne l'organisation politique, cela devrait conduire à une certaine uniformité des structures gouvernementales chez tous les pays se référant à l'islam. Or, il n'en est rien. Il n'y a pas deux pays musulmans possédant la même constitution et gouvernés de façon semblable. Le Coran ne donne donc pas d'orientations claires et précises en ce qui concerne le droit constitutionnel. Il en est de même pour ce que vous appelez la Shari'a. Au Soudan, une femme peut être condamnée, au nom de l'islam, si elle porte un pantalon. Alors que, en Iran, une femme peut être condamnée, au nom de ce même islam, si elle ne porte pas de pantalon. Dans la mesure où le mot « pantalon » ne figure pas dans le Coran, il est évident que tout cela est affaire d'interprétation à partir de versets qui sont tirés dans un sens ou dans un autre selon les coutumes locales. De toute façon, même les versets coraniques qui interdisent l'usure, sont interprétés de façon à permettre le fonctionnement des banques sur le modèle capitaliste.

Revenu du sentiment mal maîtrisé où m'avait mis Habiba, je voulus manifester ma pensée sur ce sujet. Prenant appui sur ce que m'avait appris jadis mon professeur de littérature arabe à propos de l'homme établi par Allah en tant que Khalifa sur la terre, je m'efforçais de sortir cette femme d'une lecture étroite du Coran :

– Il est bien évident que le Coran ne donne pas tous les détails sur ce que nous devons faire ou ce que nous devons éviter. Lorsqu'Allah a fait descendre le Coran sur le cœur de Muhammad (S. B. sur lui), Il ne lui a pas transmis tout ce qui était nécessaire à la vie de sociétés ou de communautés qui n'existaient pas encore, ses concitoyens n'y auraient rien compris. Avant même de nous donner le Coran, Allah a mis en chacun de nous des capacités de connaissance et de réflexion, une intelligence qui, en nous référant au Coran, nous permet d'être guidés et éclairés sur la manière de vivre conformément à la volonté d'Allah.

Ainsi en ce qui concerne le port d'un pantalon, ce vêtement n'existait pas à l'époque de notre Prophète, et il est normal que le terme ne soit pas dans la Coran. Mais sa fonction, dans certains pays, correspond à ce qu'Allah demande aux croyantes :

> *Dis aux croyantes :*
> *Qu'elles baissent leurs regards,*
> *Qu'elles gardent leurs fentes,*
> *Qu'elles ne montrent de leurs beautés*
> *Que ce qui peut paraître*
> *Et qu'elles rabattent leurs voiles*
> *Sur leurs ouvertures.*
> [24, 31.]

À partir de ce texte, la manière de l'appliquer tient compte des modes de vie de chacune des sociétés musulmanes actuelles. La Sharia' se structure concrètement à partir de la réalité culturelle en présence. Il est donc normal qu'au nom de la Sharia' les prescriptions vestimentaires diffèrent d'un pays à un autre.

Par ailleurs, il est clair que, dans la vie ici-bas, la femme et l'homme n'ont pas à exercer les mêmes fonctions sociales. Mais en ce qui concerne l'autre vie, Allah insiste de façon marquée sur leur devenir identique :

> *Car les musulmans et les musulmanes,*
> *Les croyants et les croyantes,*
> *Les orants et les orantes,*
> *Les loyaux et les loyales,*
> *Les persévérants et les persévérantes,*
> *Les soumis et les soumises,*
> *Les bienfaisants et les bienfaisantes,*
> *Les abstinents et les abstinentes,*
> *Les gardiens de leurs fentes et les gardiennes,*
> *Les reconnaissants envers Allah,*
> *De multiples façons, et les reconnaissantes,*
> *Allah a préparé pour eux un pardon*
> *Et une magnifique rétribution.*
> [33, 35.]

Ce verset met clairement en évidence l'égalité, devant Allah, de l'homme et de la femme. Mais, ici encore, l'organisation de la vie en société conduit, ici-bas, à des différences qui n'existeront plus dans l'autre vie.

En disant ce verset du Coran, je pensais à cette épouse qu'Allah me destinait et que je devais recevoir comme une magnifique rétribution. Était-ce

Jedya ou bien Habiba ? Justement, pendant que je rappelais ce passage du Coran, je voyais le regard de Habiba tourné vers moi, un regard qui me redisait ce qu'elle m'avait déjà exprimé en passant sa main sur ma poitrine et en me disant : « Ce soir. »

Un enfant vint nous dire que le repas était prêt, aussi le directeur, afin de clore le débat et pour atténuer les divergences qui s'étaient manifestées, élargit la discussion en nous donnant son point de vue sur les rapports sociaux en islam :

– Allah n'a pas voulu instituer une société totalement uniforme, comme Il nous le dit :

> *Si ton Maître l'avait voulu*
> *Il aurait établi les humains*
> *En une seule communauté.*
> [11, 118.]

Pour la simple raison qu'une société uniforme ne peut pas, en termes de contradiction, évoluer et que nous devons évoluer. Toutefois, il n'y a pas de classes au sein de la société islamique. Le concept de classe est rejeté car il suppose l'existence d'une idéologie. Or, dans la société islamique, il n'y a pas d'idéologie. Le Coran n'est pas une idéologie comme le prétendent certains auteurs. En effet, l'idéologie engendre nécessairement un mouvement de lutte et une situation de domination, ce qui ne peut exister en islam selon ce qu'Allah nous dit :

> *Nulle contrainte dans la religion.*
> [2, 256.]
>
> *Appelle à suivre le chemin de ton Maître*
> *Par la sagesse et la bonne exhortation.*
> *Discute avec eux de la meilleure façon.*
> [16, 125.]
>
> *Je m'adresse aux humains.*
> *Nous vous avons créés mâle et femelle,*
> *Nous vous avons établis en peuples et tribus*
> *Pour que vous vous connaissiez.*
> *Car parmi vous le plus éminent auprès d'Allah*
> *Est le plus vertueux d'entre vous.*
> *Car Allah est savant et sait tout.*
> [49, 13.]

La société islamique telle que le Coran nous la présente repose sur des principes intemporels qui permettent de déterminer des conduites concrètes. L'islam condamne l'exploitation, l'abus de pouvoir, les antagonismes sociaux et toute situation de monopole. Les uléma de Fès ont été capables, au nom de l'islam, à diverses époques, de tenir tête aux sultans qui outrepassaient leurs droits. L'accumulation des richesses ne doit pas asservir ni ceux qui les possèdent ni ceux qui en sont privés. Il y a bien une certaine inégalité dans les revenus, qui est la conséquence de l'activité de chacun, cependant toutes nos activités sont limitées moralement et religieusement, car nous sommes tous entre les mains d'Allah. Dans la société musulmane proprement dite, il n'existe aucune inégalité. Dans la prière à la mosquée, aucun musulman ne peut se prétendre supérieur aux autres, et lorsque l'Imam ne récite pas exactement le Coran, en particulier durant la Nuit du Décret divin, n'importe lequel des musulmans présents peut proclamer à sa place le texte authentique. De même en ce qui concerne le jeûne du ramadan, il est certes utile que son début et sa fin me soient indiqués par les responsables religieux ou civils. Mais chacun de nous est capable en regardant le ciel, au moment du coucher du soleil, de voir le mince croissant de lune qui indique à chaque croyant l'arrivée du nouveau mois.

La société capitaliste qui s'est imposée à partir du protectorat, n'a pu s'établir que par une force et une contrainte extérieures à l'islam. Il est donc possible, contrairement à ce que vous affirmez, que la mise en œuvre des fondements moraux et religieux qu'Allah nous a donnés dans le Coran, parvienne à reconstruire une société où nous vivrons dans la justice et dans la paix.

Ces dernières paroles mirent fin à l'échange, le déjeuner était prêt et la nourriture prise au même plat contribua fortement à rétablir l'entente entre nous sept, la femme du directeur ne voulant pas manger avec nous. Après une bonne sieste, comme la pluie avait cessée, le groupe se divisa en deux. Les deux couples et le directeur partirent en voiture dans la basse vallée du Draa selon le projet initial. Je me retrouvais seul avec Habiba et, pour éviter de succomber à la relation amoureuse dont elle m'avait exprimé le désir, je fis en sorte que nous ne rentrions pas chez moi. Je lui proposai une marche dans la palmeraie, ou plutôt dans ce qui restait de l'ancienne palmeraie de Tintazart.

Afin d'engager la conversation, je commençais par lui décrire ce qu'avait été ma vie au village, comment j'avais pu poursuivre des études et une formation que personne dans ma famille n'avaient pu faire. De son côté, elle me confia qu'elle avait voyagé dans d'autres pays musulmans, en particulier en Turquie, afin de découvrir les voies possibles pour faire évoluer la société musulmane et l'adapter aux techniques et aux moyens de production modernes. Elle était revenue assez déçue de ces voyages et avait rencontré à Rabat ce mouvement Tabaddoul qui, espérait-elle, pourrait apporter une réponse à ses questions.

– Pourquoi ne viendrais-tu pas avec nous à Rabat, dès l'année scolaire prochaine ? Si tu le souhaites, je peux intervenir auprès du ministère. Je connais le chef du département de l'enseignement primaire, si tu le veux, je lui demanderais pour toi un poste à Rabat ou à Salé. J'aurais plaisir à continuer avec toi la conversation sur l'islam que nous avons eu ce matin et, surtout, cela nous permettrait de construire ensemble un projet familial.

Il n'y avait plus à en douter, elle m'avait déjà choisi comme époux. Une telle démarche me déplaisait profondément. Décidément, les femmes avaient l'art de me surprendre. Cette demande en mariage eut pour effet de faire disparaître immédiatement ce qui restait en moi de ce désir amoureux que le geste de Habiba avait suscité le matin même. Heureusement, notre marche à travers les sentiers qui longeaient les parcelles cultivées, me permit de ne pas relever cette dernière phrase et de continuer la conversation sur les diverses plantes qui poussaient ici et là. Habiba comprit le sens de cette attitude et, comme le soir commençait à tomber, nous rentrâmes chez moi. Je m'excusai de la laisser seule pour accomplir les prières quotidiennes que j'avais omises, puis je la raccompagnai chez le directeur pour le dîner. Arrivé chez lui, nous fûmes accueillis par les quatre autres Rbatis qui revenaient de leur circuit dans la vallée du Draa. Je pris alors prétexte d'un service qui m'avait été demandé par une famille d'Adis, pour les quitter et me rendre chez les parents de Jedya. Laissant là les membres du mouvement Tabaddoul poursuivre la promotion de leur doctrine, je pris un moment de détente en me rendant à Adis.

Tout en étant convaincu de la valeur du Coran pour construire notre société, les arguments qui avaient été mis en avant, en particulier celui de la multiplicité des gouvernements musulmans, n'étaient pas sans me poser quelques questions. Et il n'y avait pas que l'organisation politique de nos communautés. Les problèmes posés à la société islamique par les moyens de production et les techniques de tous ordres développés par le monde moderne exigeaient de mettre en œuvre toutes les capacités de notre intelligence pour trouver une réponse conforme à la volonté d'Allah. Telle était, me semblait-il, la voie montante et le combat sur le chemin d'Allah.

La nuit était maintenant complète et l'air totalement limpide. La pluie avait fait tomber les grains de poussière qui parfois voilent le ciel. La lune n'était pas encore levée et je m'émerveillais devant cette immensité du ciel étoilé, imaginant derrière chaque lumière qui scintillait le monde invisible d'Allah que je pourrais découvrir le jour de la Résurrection. J'avais concrètement à venir en aide à ceux qui m'étaient proches, mais plutôt que de transformer le monde d'ici-bas à partir de doctrines élaborées par les hommes, je me sentais beaucoup plus attiré par les splendeurs de l'autre vie, en particulier par cette attente d'un amour pour Allah qui ne serait plus un acte fugitif, comme je l'avais vécu jusqu'à présent, mais un acte définitif où je serai sans cesse entraîné à désirer la face d'Allah.

J'arrivai chez les parents de Jedya au moment où ils finissaient leur repas. Je bus avec eux la lwiza qu'ils avaient préparée, cela me suffisait, je n'avais pas faim. Je pris comme prétexte à ma visite la lettre de mon père m'annonçant sa venue prochaine. Le père de Jedya m'accueillit comme si j'étais déjà son gendre et nous restâmes en silence un long moment à contempler le ciel et les étoiles.

Lorsque je rentrai à Tintazart, il était près de minuit. Les deux Rbatis et la Française que j'hébergeais dormaient profondément. Je pris un temps de prière pour remercier Allah de tout ce qu'Il m'avait donné et fait vivre durant cette journée. Je m'endormis sitôt allongé sur ma natte.

Le lendemain, très tôt, j'accompagnais mes hôtes chez le directeur. Le ftour se déroula simplement, selon les règles de l'hospitalité. Les bagages furent chargés. Le temps était clair et doux. Je sentais bien une certaine déception chez Habiba, mais je lui serrai la main en ami avec le sentiment qu'elle était déjà très loin. Je lui souhaitai bonne route : « B-esSlama Habiba. »

Avant d'épouser Jedya, mon père avait mis par écrit le récit de son enfance dans le Haut-Atlas jusqu'à sa première année à Tata. Après son mariage, il se donna totalement à ses activités de père de famille et d'enseignant et il cessa d'écrire. C'était un homme simple et heureux, vivant en paix avec tous. Toutes ses activités étaient tournées vers la prière et le service des autres. Il citait souvent le Coran. Ce livre était son guide et sa lumière afin d'accomplir, en toutes circonstances, la volonté d'Allah.

Au moment de poursuivre mes études loin du Maroc, je lui demandai de me confier ce texte dont il m'avait quelquefois parlé. Il accepta et me le remit en disant : « Comme je ne serai plus auprès de toi pour t'aider à combattre sur le chemin d'Allah et avancer sur la voie montante, ce récit me remplacera. »

J'ignorais alors que sa mort était proche et que ce texte resterait sa seule présence.

Glossaire

ABBÂNÂ : *Notre Père*, prière transmise par 'Issa.

'ADEL : notaire musulman.

ADONAÏ : mon Seigneur, nom désignant Dieu chez les juifs.

AKBAR : très grand, le plus grand, superlatif de Kabîr, grand.

'ALEM, au pluriel ULÉMA : savant musulman.

AMIR ELMOUMININE : prince des croyants.

'ASHA : une des cinq prières, récitée une heure quarante après le Maghreb.

'ASR : une des cinq prières, récitée au milieu de l'après midi.

'AZRI : célibataire habitant dans sa famille.

BABEL : la ville de Babylone.

BALEK : attention !

BBA : papa.

BENDIR : tambour semblable au tambour basque sans grelots.

BERÉSHIT : nom hébreu du livre de la Genèse dont il est le premier mot.

BERRAD : théière marocaine.

BESSA : en langage enfantin, le pénis, le « père masseur ».

B-ESSLAMA : dans la paix. Pour dire au-revoir.

BISMI'LLAH : au nom d'Allah.

BOUFEGGOUS : espèce de dattes produites principalement dans la région de Tata.

BZIWIYA : qui vient de Bzou, jellaba très fine et légère.

CALAME : roseau biseauté utilisé pour écrire sur une tablette d'argile.

CEINTURE DE FATIMA : la voie lactée.

CHLEUH : berbères originaires de la région du Souf, à l'est d'Agadir.

COHEN : sacrificateur dans la Bible.

DAOUD : David dans le Coran.

DOHR : une des cinq prières, récitée juste après le milieu du jour.

DOUAR : groupe de maisons.

ÉLOHIM : les êtres divins. Pluriel de majesté pour désigner Dieu.

FENTES : celles situées au bas du tronc du corps humain.

FIQH : droit religieux, jurisprudence musulmane.

FOUQIYA : chemise longue sans manches.

FQIH : maître d'école coranique.

FTOUR : petit-déjeuner.

HADITH : paroles ou gestes de Muhammad rapportés par des témoins.

HAROUT : Abondance, demi-dieu d'origine iranienne.

HARRATINE : ancien esclave venu de l'Afrique tropicale.

HOUTAMAH : feu dévorant et vorace.

HOUWA : Lui, utilisé pour nommer Allah chez les mystiques.

IBRAHIM : Abraham dans le Coran.

ILAH : divinité, nom qui, précédé de l'article, est à l'origine du nom Allah.

IMAM : officiant dirigeant la prière en se tenant devant les croyants.

INJÎLE : Évangile dans le Coran.

INE SHA' ALLAH : si Allah le veut.

IRF OUZELAG, expression berbère : la tête du serpent

IS.HAC : Isaac fils d'Abraham et de Sara.

ISMAÏL : Ismaël fils d'Abraham et d'Agar.

'ISSA : Jésus dans le Coran.

JEDYA : chevrette, féminin de jdi.

JELLABA : longue robe avec des manches et une capuche.

JDI : chevreau.

JIBRIL : l'ange Gabriel, l'Esprit divin qui n'est pas un associé d'Allah.

JINN, au pluriel JNOUN : génie invisible, souvent malfaisant.

KABOUSHI : probablement capucin, d'après les vêtements du naufragé.

KASBA : place forte, citadelle.

KHALIFA : adjoint tenant lieu d'une autre personne.

KHNEG : gorge traversant une barre montagneuse.

KHNIF : vêtement porté par les juifs ayant la forme du selham.

KHOTBA : discours, sermon prononcé à la mosquée.

KIRMIS : préparation à base de cochenilles, charras, cannelle et muscade.

KOUBBA : petit sanctuaire, édifié parfois sur la tombe d'un marabout.

KSAR, au pluriel KSOUR : village entouré de murs.

LÂ BÈSS, littéralement : pas de mal ; d'où : ça va.

LAOU.H : table ou tablette.

LÉVI : nom de famille des anciens ministres du culte juif.

LWIZA : verveine.

MAGHREB : une des cinq prières, récitée juste après le coucher du soleil.

MAKHZEN : gouvernement.

MARABOUT : personne remarquable par sa vie de prière.

MAROUT : Immortalité, demi-dieu d'origine iranienne.

MAYDA : table basse ronde ou carrée.

MELLAH : quartier habité par des juifs.

MIHRAB : petite abside indiquant la direction de La Mecque.

MINBAR : chaire pour le prédicateur dans la mosquée.

MOSHÉ : Moïse dans la Bible hébraïque.

MOUKOHLA : fusil, en assonance avec Oumm kahla : mère noire.

MOULAY : Monseigneur, Monsieur.

MOUSSA : Moïse dans le Coran.

MOUSSEM : fête saisonnière près d'un Marabout.

NOUR : prénom féminin désignant d'abord la lumière.

OUVERTURES : celles situées en haut du corps humain.

QADI : juriste, juge de paix.

RBATÎ : habitant de la ville de Rabat

REMYA, littéralement : portée d'un tir ; d'où : sperme.

REZZA : turban blanc en tissu léger de coton.

S. B. SUR LUI : Salut et bénédiction d'Allah sur Muhammad.

SELHAM : cape jetée sur les épaules, fermée au col et avec une capuche.

SERWAL QENDRISSI : pantalon bouffant en forme de jupe cousue au milieu.

SHABBAT : Sabbat, septième et dernier jour de la semaine.

SHEIKH : ancien, chef d'une confrérie.

SHI'RÂ : l'étoile Sirius.

SHOUKARA : sacoche avec une bandoulière.

SIDI ou SI : Monsieur.

SOBH : une des cinq prières, récitée à l'aube.

SOUFI : mystique, portant des vêtements de laine.

SOURATE : chapitre du Coran. Le texte en est réparti en 114 sourates.

TABADDOUL : transformation, changement. Terme de l'arabe littéraire.

TALEB : étudiant, maître d'école.

TALMUD : recueil de traditions rabbiniques.

TARGUI, au pluriel TOUAREG : nomade du Sahara.

TATA : le caméléon, appelé aussi kashsha.

TEBBOUNE : foyer creusé dans la terre, d'où le sexe féminin.

TORAH : Livre donné par Allah à Moussa.

TOUG ER RIH : la fille du vent.

VILAYET : nom désignant une région administrative en Turquie.

WALI : protecteur céleste en islam.

YA : pour interpeller quelqu'un.

YA'QOUB : Jacob, fils d'Isaac.

YESHIVAH : école juive.

YOUSSEF et YOUSSOUF : Joseph, le fils de Jacob.

ZAOUÏA : siège d'une confrérie.

ZLAFA : coupe en terre cuite et, péjorativement, visage humain.

ZÉRIBA : une bergerie et, parfois, une confrérie religieuse.

ZOUFRI : ouvrier, célibataire vivant seul et recevant des femmes.

Table des matières

Composition et mise en pages
nord Compo à villeneuve-d'ascq

Imprimé par Présence Graphique - Monts

Imprimé en France

N° d'impression : 051551505
Achevé d'imprimer : mai 2015
Dépôt légal : juin 2015